Friedrich Maximilian Klinger, Bernhard Seuffert

Otto

Trauerspiel

Friedrich Maximilian Klinger, Bernhard Seuffert

Otto
Trauerspiel

ISBN/EAN: 9783743696051

Hergestellt in Europa, USA, Kanada, Australien, Japan

Cover: Foto ©Andreas Hilbeck / pixelio.de

Weitere Bücher finden Sie auf **www.hansebooks.com**

DEUTSCHE LITTERATURDENKMALE

DES 18. JAHRHUNDERTS

IN NEUDRUCKEN HERAUSGEGEBEN VON BERNHARD SEUFFERT

— **1** —

OTTO

TRAUERSPIEL

F. M. KLINGER

STUTTGART

G. J. GÖSCHEN'SCHE VERLAGSHANDLUNG.

1881

Druck von Fischer & Wittig in Leipzig.

Klingers 'Otto' ist nur einmal erschienen. Der Dichter schloss sein Erstlingsdrama von seinem 'Theater' wie von der Sammlung seiner 'Werke' aus. Wenige Exemplare der einzigen Ausgabe sind erhalten. Das Bedürfnis nach einem Neudrucke derselben machte sich um so fühlbarer, je häufiger in den letzten Jahren auf die hervorragende geschichtliche Stellung des Trauerspieles hingewiesen wurde.

Nachdem R. M. Werner im V. Anhang zu seiner Schrift über L. Ph. Hahn (Quellen und Forschungen XXII. Strassburg 1877. S. 117 ff.) die Wahnsinnscenen im 'Otto' auf ihre Vorbilder geprüft hatte, gab er gelegentlich einer Anzeige (Zeitschrift für die österreich. Gymnasien. 1879. S. 276 ff.) neben allgemeineren Bemerkungen eine Skizze der litterarischen Abstammung einzelner Züge und Gestalten der Dichtung aus 'Lear', 'Hamlet', 'Götz' und 'Ugolino'. Inzwischen hatte E. Schmidt in seinem Vortrage über Klinger das Drama mit scharfen Strichen charakterisiert (Lenz und Klinger. Berlin 1878. S. 80 u. ö.). Neuerdings wies O. Brahm (Das deutsche Ritterdrama des 18. Jahrhunderts. Quellen und Forschungen XL. Strassburg 1880. S. 73 ff. u. ö.) dem 'Otto' seine Stelle unter den Ritterstücken an; indem er die sich kreuzenden Handlungen zerlegte, konnte er die Motive im einzelnen verfolgen und genauer bestimmen, was die Tragödie aus 'Götz', 'Lear', 'Othello', 'Hamlet' und 'Macbeth' entlehnt hat. Gleichzeitig gab M. Rieger in seinem Buch über Klinger in der Sturm- und Drangperiode (Darmstadt 1880. S. 37 ff. u. 62 ff.) neben einer wolgelungenen Darstellung des verwickelten

Inhaltes eine treffende Beurteilung und Würdigung des Dramas.

Die Zeitgenossen des Dichters haben sofort erkannt, dass Klinger sich von Goethe und Shakespeare zu seinem 'Otto' hat anregen lassen. Betont — um nur zwei Recensionen herauszugreifen — Der Teutsche Merkur (1775. III S. 178 ff.) mehr die Abhängigkeit des Dramas vom 'Götz', so legt die wertvolle Anzeige in Schirachs Magazin der deutschen Critik (IV 2 S. 58 ff.) mehr Gewicht auf die Nachahmung des 'Lear'. 'Otto' führt mit wuchtigem ·Schritt den Reigen der Nachahmungen von Goethes 'Götz' an. 'Otto' zählt zu den interessantesten Dramen, welchen die in Deutschland erwachte Shakespeare - Begeisterung als Leitstern diente. (Vgl. C. C. Hense im Jahrbuch der deutschen Shakespeare - Gesellschaft. Bd. V S. 118.) Man darf es sich nicht verhehlen, die äussere Entlehnung hat an der Schöpfung des 'Otto' nicht wenig Teil; daher der erstaunliche Reichtum an Motiven, deren Durchführung und dichterische Verwertung gerade durch das überfliessende Mass verhindert wird. Ein weniger verschwenderischer Poet hätte mit den angeknüpften Verwicklungen wol vier Dramen ausgestattet. Dass das traurige Geschick Hungens mit der Haupthandlung, dem tragischen Zwist des Herzogs und seines Sohnes in keiner Verbindung steht, fällt sofort auf. Des Titelhelden unglückliche Liebe zu des Herzogs Tochter streift beide Ereignisse nur an der Peripherie. Fast selbständig ist auch der vierte Konflikt: die Verschwörung des zweiten Sohnes und der Bundesgenossen gegen den Herzog. Die willkürliche Verkettung dieser Glieder erscheint noch verwirrter, weil der Dichter die Triebfedern der neben einander laufenden Räder zum Teil erst spät und flüchtig zeigt. Dazu kommt die Häufung der Ursachen, die Wiederholung von Motiven und Namen, die auf mehrfachen Intriguen beruhende Steigerung der Konflikte. Es tritt uns entgegen ein Gatte, der die

Ehre seines Weibes schützend grausamen Tod erleidet;
ein Vater, der mit dem geliebten Sohne sich entzweit,
weil dieser die Tochter seines Feindes ehelicht; ein
Sohn, der über den Vater und älteren Bruder hinweg auf
den Thron strebt; ein Liebender, der in falscher Eifersucht den edel entsagenden Freund verkennt und seine
Treulosigkeit durch Selbstmord sühnt; ein Vasall, der
aus Rachsucht und Ehrgeiz seinen Herzog vernichtet;
ein Bischof, dessen ränkevolle Politik den Bundesgenossen stürzt; ein treuer Rat, den für gerechten
Widerspruch Verbannung trifft; zwei Paare ungleicher
Brüder sehen wir auf der Bühne, von zwei anderen
hören wir: kurz, bis auf die Handlungen der Neben-
personen erstreckt sich der Versuch, durch eigene Be-
weggründe jeden Vorgang zu erklären. Und selbst über
den Kreis hinaus, der zu den tragischen Verwicklungen
in Bezug steht, deutet Klinger eine individuelle Färbung
an. Um so notwendiger scheitert die Durchführung einer
scharfen Charakteristik. Das Uebermass des Thatsäch-
lichen überflutet die feinere Durchbildung. Gerade
dadurch aber trägt das Trauerspiel in hervorragendem
Grade die dichterische Eigenart der Sturm- und Drang-
zeit zur Schau und ist eine wahre Sammelstätte der
in jener Periode beliebten Motive. So wurde 'Otto'
wichtig für die Litteratur von dem zeitgenössischen
Maler Müller an, dessen dramatische Fragmente in
engster Beziehung zu Klingers Tragödie stehen, bis
zu dem Vollender der Ideen der Geniezeit, bis zu
Schiller, dessen 'Räuber' und 'Fiesko' an das Ritterdrama anklingen. (Vgl. O. Erdmann im Anzeiger für
deutsches Alterthum und deutsche Litteratur Bd. V
S. 379.) Aber nicht nur der Stoff, auch die Art der
Darstellung ist von grösstem Interesse, obschon sie
aller Kunstregeln spottet. Hier zeigt Klinger, dass er
auch innerlich seine Muster sich anzueignen verstand,
dass er leidenschaftlich hingerissen ganz in ihnen auf-
ging, wie denn seine Helden weniger je einem be-

stimmten Vorbilde folgen als vielmehr der Zusammensetzung und Mischung mehrerer ihr Gepräge verdanken. Manche Scenen beweisen des Dichters originale Kraft aufs glücklichste. Zudem ist ja der ganze Stoff von Klinger erfunden und nicht aus der Historie entlehnt. Freilich entbehrt darum auch diese dramatische Geschichte des zeitlichen Kolorites. 'Das Stück war kein blosser Nachhall eines dagewesenen, es war ein Schritt weiter, unvorsichtig und unsicher, aber kühn, neu und in grossem Sinn gethan.'

Ueberwältigt vom Affekt wird Klinger nicht Herr seiner Gestalten, nicht Meister seiner Situationen. Schon äusserlich verrät sich der Mangel an Technik. Der Neudruck durfte die ungleichmässige Behandlung der Vermerke über Scenen- und Personenwechsel u. dgl. nicht besser in Einklang bringen, als es durch die typographische Einrichtung ohne Zusätze und Abstriche möglich war. Wenn gleich im Personenverzeichnis Normann als Angehöriger von Adelberts Hof aufgeführt wird, so ist das ungenau. Als Normann auftritt, befindet er sich allerdings beim Bischof und ist sein Parteigänger; aber er lebt an des Herzogs Hof, wie S. 9 Z. 31 f. und S. 11 Z. 8 ergibt. Der Abdruck musste dergleichen Unebenheiten bewahren. Er gibt das Original, das mir durch die Freundlichkeit des H. Dr. Reinhold Köhler in einem Exemplare aus dem Besitz der grhgl. Bibliothek zu Weimar vorlag, getreu wieder. Das Titelkupfer, das auch den ersten Druck des 'leidenden Weibes' ziert, zeigt eine auf einer Rasenbank sitzende, halbnackte weibliche Gestalt, welche einem nackten vor ihr auf dem Boden sitzenden Kinde Blumen reicht; links eine Urne, rechts ein Baum. Der Text füllt 184 Seiten in 8°, deren Beginn der Neudruck in Klammern angibt.

Die Verbesserungen des Textes, die Klinger selbst angezeigt hat, sind natürlich aufgenommen. Doch sind damit nicht alle Druckfehler beseitigt. Im Neudruck

ist geändert: S. 12 Z. 17 immer zu aus immerzu |
S. 14 Z. 7 Normann aus Normaun | S. 19 Z. 13 Laßt's
aus Laß'ts | S. 21 Z. 19 werdet's aus werdert's | S. 29
Z. 23 dem aus den | S. 31 Z. 1 Verzeihung aus Ver=
zeihnng | S. 36 Z. 9 fiele aus fieln | S. 37 Z. 11 zu=
rück aus zu = zurück | S. 38 Z. 13 Horch aus Hooch) | S. 42
Z. 29 such' aus seh' | S. 46 Z. 33 Strenge aus Sternge |
S. 49 Z. 9 2. Reuter aus 2 Reuter zumal die Kustode
2. Reuter hat | S. 67 Z. 29 ist's? Was aus ists's? Was |
S. 80 Z. 15 des aus der da nicht der Sohn sondern
der Vater verbannt ist und überdies drei Zeilen weiter
unten des wiederholt wird | S. 84 Z. 16 in aus im
S. 86 Z. 23 Fingern aus Fingern | S. 91 Z. 15 Advokat
aus Adelbert da dieser nicht zwischen dem 2. Auftr. des
IV. Aufz. und dem 1. des V. Aufz. die Reise nach Rom
und zurück gemacht haben kann. (Der alte Hungen
reist dahin zwischen I, 5 und III, 1, der junge Hungen
von dorther zwischen III, 1 und IV, 3.) An sich wäre
es ja wünschenswert, dass durch Adelberts Eingreifen
Hungens Tod mit der übrigen Handlung wieder etwas
verbunden würde. So aber muss man einen durch den
gleichen An- und Auslaut veranlassten Druckfehler an-
nehmen | S. 96 Z. 4 1. Mörder aus 1 Mörder | S. 99.
Z. 26 Aufmunterung aus Aufmuunterung | Mehrmals musste
der Interpunktion nachgeholfen werden. So fehlt im
Original dreimal der Punkt nach den Namen der
sprechenden Personen ; ferner die Interpunktion nach
S. 18 Z. 4 was) | S 30 Z. 27 Rothenburg | S. 37 Z. 22
Hauptmann | S. 50 Z. 14 losreißen | S. 53 Z. 24 Zähnen) |
S. 53 Z. 31 Löchern | S. 60 Z. 34 Wangen | S. 78 Z. 18
wissen | S. 85 Z. 22 Unglück | S. 97 Z. 3 schläft | Weiter-
hin verbesserte ich : S. 25 Z. 12 nach! aus nach? | S. 27
Z. 23 sieht, Karl aus sieht Karl, | S. 47 Z. 4 gehen! aus
gehen? | S. 47 Z. 34 Gebhard. aus Gebhard, | S. 52 Z. 8
dir! aus dir? | S. 79 Z. 25 Ludwig! aus Ludwig?
S. 96 Z. 13 Rudolph! Bluthund, aus Rudolph, Bluthund! |
S. 104 Z. 33 Bursche aus Bursche, | S. 107 Z. 9 mir!

aus mir? | Müsste in einem Neudrucke nicht alles
wiedergegeben werden, was sich nicht unverkennbar als
Versehen offenbart, so würde noch manche Stelle als
vermutlicher Druckfehler zu behandeln sein. So empfiehlt
sich vielleicht zu lesen S. 7 Z. 2 leben statt loben |
S. 16 Z. 4 f. gepezt statt gehezt vgl. S. 51 Z. 13 | S. 29
Z. 3 Sommer = Hitze statt Sommer, Hitze | S. 53 Z. 31
spricht entweder Gebhard, der ja auch gleich darnach
das Wort führt, alles oder die beiden ersten Worte
werden von allen, die Worte Mänje bis heraus von
Blunt gesprochen, da der Singular haut auf einen einzelnen
Sprecher deutet, auch nicht wol alle Blunt anrufen
können | S. 60 Z. 30 spricht wol Konrad.

Die orthographische Regellosigkeit des ganzen Druckes
verbot jede Korrektur der seltneren Schreibung nach
der häufigeren, so dass selbst ſſ, wo es bei Silbentren-
nung ß zu vertreten scheint, beibehalten werden musste.
Der Neudruck sollte nicht eine kritisch gereinigte Ausgabe werden.

Würzburg, November 1880.

Bernhard Seuffert.

Berichtigungen.

S. 40 Z. 10 lies Giselle | S. 53 Z. 26 Horst! | S. 71 Z. 17 wieder,
S. 91 Z. 28 Gnaden | S. 103 Z. 12 inure. | S. 104 Z. 25 Norm. |

Otto.

Ein Trauerspiel.

Titelkupfer.

Leipzig,
in der Weygandschen Buchhandlung.
1775.

Herzog Friedrich.

Karl, sein ältester Sohn.

Adelheide, Karls Gemahlinn.

Konrad, des Herzogs jüngster Sohn.

Gisella, seine Tochter.

Ihr Mädchen.

Otto, Ritter an des Herzogs Hofe.

Kanzler des Herzogs.

Adelbert, Bischof.

von Wieburg, sein Rath.

Andre Räthe.

Graf Normann.

Gianetta, Italienerinn. } An Adelberts Hofe.

von Hungen, ehemaliger Vasall des Bischofs.

Maria, Hungens Frau.

Konrad.

Franz.

Hans.

Kleines Mädchen.

} Seine Kinder.

Graf Ludwig.

Gebhard.

Rudolph.

Blunt.

von Walldorf.

} In Karls Diensten.

Ein paar Hauptleute.

Verschiedene Reutersknechte.

Konrads Beichtvater.

Einsiedler.

H. Inquisition.

Ein altes Weib.

Georg, ein Wahnwitziger

Seine Mutter.

Veit, Herzog Friedrichs Knecht.

Hans.

Christoph.

Zween andre

} Mörder.

Ein Unbekannter.

Ein Junge.

Erster Aufzug.

Erster Auftritt.

Bischof Adelbert. von Wieburg. Räthe.

Adelbert. Der von Hungen hat sich also nicht gegeben?

von Wieburg. Nein. Er sagte, ein edler Ritter könne 5 das nicht, der glaube er zu seyn, und braver Kerl dazu.

Adelbert. Sein Vermögen fällt uns zu. Noch zu wenig für seine Strafe! Nehmt ihm alles, und denn treffe ihn der Bann! Euch, von Wieburg, übergeb ich's. Thut's und überlaßt ihn der Erde als einen Verbannten von uns und 10 Verfluchten bis zur künftigen Reue.

[6] **v. Wieburg.** Adelbert, es ist Hungen, über den ihr dieses Urtheil sprecht. Ihr werdet euch vergriffen haben, bitt euch, besinnt euch eines bessern, und sucht ein milderes.

Adelbert. Er ist in Bann gethan; seine Güter fallen 15 uns zu! So wills Adelbert, steht es seinem Rath nicht an?

v. Wieburg. Bey meiner Seele! Ihr seyd irr. Der Hungen hat dem Staat mehr genutzt, als einer von des Bischofs Unterthanen, das sag ich, und falle euer Zorn über mich, sollt ich ihm unterliegen, ich kann's nicht anders 20 sagen. Der von Hungen ist ein edler Kerl, und ihm wird begegnet wie einem Straßenräuber; das ist unrecht, Adelbert!

Adelbert. Wieburg! Wieburg! bindt eure Zunge und legt ihr über diesen Punkt ewiges Stillschweigen auf; oder mein Zorn möchte euch schwerer fallen als ihm. 25

v. Wieburg. Das mag er! Hier steh ich und fürcht ihn nicht. Hätt ers verdient; wie's doch nicht ist, so gienge hier Mitleiden für Recht.

Adelbert. Hört ihr Wieburg! wir sind noch so gnädig, diesen euren letzten tollen Einfall [7] in unsre Gerechtsame zu beantworten. Gerechtigkeit ist kein Weib; sie, und Mit= leiden können nicht zusammen liegen. Das merkt euch und laßt Weiber davon reden.

v. Wieburg. O Gerechtigkeit, bist du das, so laß dich nie mehr so nennen, daß dein Name nicht entweihet werde von unheiligen Lippen! Heiß ihnen Tyranney, denn so nehmen sie dich; dich kennen sie nicht.

Adelbert. Hungen ist in Bann gethan, seiner Güter beraubt, für sein Weib und Kinder soll gesorgt werden. Macht's fertig.

v. Wieburg. Adelbert! ich möchte dem Hungen kein Haar gekrümmt haben um zehen Bißthümer, noch fetter, wie das eurige. Treflicher Hungen! da nimm deinen Lohn!

Adelbert. Sagt, Räthe, geschieht dem von Hungen Un= recht? sagt, wie ihr's denkt!

Räthe. (bücken sich)

Einer. Wir sahen Eure Gnaden nie einem Unrecht thun, am wenigsten dem von Hungen. Immer nach Verdienst waren eure Urtheile abgefaßt.

(bücken sich)

v. Wieburg. So, Schurken, bückt euch, bückt euch, Schurken! noch einmal, und hohl euch der Teufel zusammen!

[8] **Adelbert.** Was sagt ihr Wieburg? Ist minder Weis= heit und Gerechtigkeit in dieser Männer Kopf und Herz, als in euch, Starrkopf?

v. Wieburg. Nein, bey meiner Seele! nein. Sagt, wie kann das seyn? — Das Ding ist lächerlich, zum An= speyen lächerlich. Lieber Adelbert, ihr Kopf, Herz und Wesen ist nach Eurem geformt und gestimmt. Verändert euch, gebt eurer Denkungsart eine andre Richtung; sie thun's

auch). Ich bitt euch, thuts zum Versuch; Ihr sollt sehen,
was es für wetterwendische Schurken sind, die athmen, loben,
den Gang gehen, den Ihr geht. Euch in allem nachäffen.
Seht den da! Stell dich Mann! — Wahrhaftig, er trägt
die Nase, wie ihr. Schade Rath, daß deine Nase so krumm 5
nicht ist, wie seine, denn so machts dich nur lächerlich. Und
der da! er trägt die Hand eben so hängend, schlendernd
wie ihr. Seht nur, wie er's Maul zerrt, ums eurem gleich
zu machen, die Stirne runzelt, wie ein Weiser auf einer
alten Gemme, daß man glauben sollte, er sey in tiefem 10
Denken verlohren. Seht in Spiegel, Adelbert, und, wenn
ihr eure ganze Mienen, Bewegung der Muskeln, nicht in
ihren verzerrten Affengesichtern findet, so sagt, ich sey ein
S — — kerl.

[9] **Adelbert.** Der seyd ihr; ein alter Narr! 15

v. Wieburg. Wer bin ich? wer? Das sagt man dem
Wieburg? Teufel und Hölle! (greift nach seinem Degen)

Adelbert. Hah Rasender! wags, und ich geb dein Fleisch
den Vögeln des Himmels.

v. Wieburg. Und mein letzter Schrey ist, der Adelbert 20
ist ein Bluthund, und sein ganzer Hof sind S — — kerls.

Adelbert. Rasender Tollhäusler! ihr seyd aus unsern
Augen auf ewig verbannt. Und, beym Himmel! erkennten
wir eure, bisher uns treugeleisteten Dienste nicht, ihr solltet
jetzt den Tod mit Schande schmecken. Entfernt euch mit 25
dieser unsrer letzten Gnade. In drey Tagen müßt ihr
außer unsrer Gränze seyn, oder was härteres erwartet euch.

v. Wieburg. Ha, nun bin ich kühl. Hör, Adelbert,
der Mann, der Gott und Gerechtigkeit liebt, hört sein
Urtheil lieber sprechen, als daß ers einem Unschuldigen über= 30
bringt. In zwölf Stunden will ich diesen Boden nicht mehr
betreten, den Schurken betreten. Lebt wohl, Adelbert! Ich
fluch euch nicht; aber nie müsse ein Hungen unter eurer
Regierung [10] aufkeimen. Lauter S — — Gesichter, zur
Beschämung des Menschengeschlechts, im Zorn und Unwillen 35
gemacht, wie die da. Wieburg geht mit leichtem Herzen

von hier. Lebt wohl! Du da, nimm die Regel noch: trag deine Nase noch etwas höher, wie er seine, und er wird dich füttern, daß du die Saalthüre nicht durchkannst. — Ihr Affen!

5 **Adelbert.** von Wieburg keinen Laut mehr, oder es ist dein letzter!

v. Wieburg. Nun, so lebt wohl! Ich mag meine Zeit nicht verlieren. Ich und der edle Hungen reisen leicht, wie der Vogel, der dem Räuber durchgegangen ist. (ab.)

10 **Adelbert.** Der Rasende! — ihr seyd an seiner Stelle. Bringts Urtheil dem von Hungen!

Reuter (kommt.)

Reuter. Graf Normann ist eben angekommen.

Adelbert. Laß ihn kommen! — der Normann da. Nun 15 gut, wirds in Gang kommen. Verlaßt uns!

---

[11] **Zweyter Auftritt.**

Normann. Adelbert.

Adelbert. Willkommen edler Graf! bedrängter Graf! willkommen tausendmal! Daß ihr kommt, verachteter, hart= 20 beleidigter Graf, eben jetzt, das war gut gemacht. Wie stehts um euch? um alles?

Normann. Adelbert, wie stehts um einen Wurm, den man hart auf den Kopf getreten hat, daß er sich nicht winden kann unter der Ferse seines Feindes?

25 **Adelbert.** Edler, sehr edler Graf, schlecht. Und so muß es nie um euch stehen! nie, sagt Adelbert, der euch Hülfe entgegen trägt in beyden Händen. Der Graf Normann unter der Ferse des stolzen Herzogs! — ey!

Normann. Das wußt ich, daß Ihr der Mann seyd, 30 der helfen kann, wenn er will. So nehmt mich und meine ganze Seele! Normann ist des würdigen Bischofs Unter= worfener in allem, was er denkt, will und beginnt. Braucht mich, nehmt mich ganz hin!

Adelbert. Edler Mann, wir sind uns gleich. Gleich
sage ich. Der Bischof ist hart [12] beleidigt, Normann auch,
wohl mehr, so stehn wir für Einen! Adelbert vertheidigt
Normanns Sache, Normann des Bischofs. Laßt uns Hand
anlegen! Ihr wißt bereits alles, nur das letzte nicht. Ich 5
schickte zu Karl, ließ ihm mit freundlichen honigsüßen Worten
meine Hülfe anbieten. Ob's den Knaben noch mehr ver=
säuren wird gegen mich, weiß ich nicht. Der Junge muß
bald kommen mit der Antwort. Was denkt ihr?

Normann. Wenig Hoffnung ist hier. Er hängt zu viel 10
am Vater. Und das Ding ist zu licht, daß er's nicht durch=
sehen sollte bis auf'n Grund. Er weiß, daß keiner so sehr
suchte, als ihr, dem alten Herzog auf den Nacken zu treten.
Aber wohl war einer; der arme verjagte Normann, von
ihm geächt, der da wünschte, seufzete, ja betete, ihm aufs Herz 15
zu treten, wär's möglich gewesen.

Adelbert. Und hier ist alles, alles! Zwiefache Rache
für mich und euch, der ihr's tief fühlt, was das ist, Kränkung
leiden von Stolzen, das ewig nagt und beißt. Nehmt die
Rache, und ich! Das mußten sie zur Strafe untereinander 20
anfangen. Wenn ich denk, wie mich's nekte in den schönsten
Freuden! Wie mir's zurief im Schlaf, Adelbert! Herzog
[13] Friedrich drückt dich, steht dir in der Sonne, daß du
frieren mußt; will dein Herzblut trinken. —

Normann. O träumt's, träumt's! das hat er mir all 25
gethan, würklich, mich ausgezogen auf den letzten Blutstropfen
daß ich welken mußte, eben da ich anfieng zu blühen und
mich aufzurichten. Da nahm er's weg; ich, und mein kleiner
Glanz starben dahin. Und warum? weil er sah, daß es
hell hier war. Aber wohl war's, und die Wurzel des 30
Verstandes läßt sich nicht tilgen. Mußte ich mich nothwendig
zu machen durch Konrad den Frommen.

Adelbert. Den machte er zu unserm Glück, Graf!

Normann. Die schöne Grafschaft, die er mir nahm, noch
hat, und in die Acht! Friedrich! Friedrich! es wird dir schwer 35
werden, die übervolle Rache, die ich haben muß, zu tragen!

Adelbert. Wenn ich's denk, möcht ich toll werden! die schöne Jagd, so weidlich war sie nicht auf deutschem Boden. Wenn ich mich erinnre, wie wir auszogen in unsrer Jugend, in eurem Wald —

5 [14] **Normann.** Meinem? —

Adelbert. Wirds bald. In eurem Wald, sag ich, das schönste Wild erlegten, denn friedlich aufs Schloß zogen, guter Zierde waren, und unser Leben, voll der Freude und des Genusses! Und das Schloß hat Konrad!

10 **Normann.** Adelbert! Adelbert! so müßt ihr mich treffen; mir durchs Herz fahren!

Adelbert. Närrisch, närrisch! lieber Graf! wirds nicht euer, und noch mehr dazu!

Reuter. Fürst Karl sagte, der Bischof Adelbert solle 15 nie mehr zu ihm schicken um so was. Otto setzte hinzu: der Bischof möge Meß halten, ob er schon die Schlappe vergessen hätte, die er bekommen, da er sich auch in fremde Händel gemischt? So hört ich's, verzeiht, gnädiger Herr! wenn ich's so wieder geb, denkt, es sey meine Pflicht!

20 **Adelbert.** Gut, gut! das dacht ich. Komm! sag, was machte er, da er's hörte von dir? wie geberdete er sich? sah er stolz aus? traurig? Schien's, als gieng ihm etwas hell auf bey deinen Worten?

Reuter. Ich kann nichts weiter sagen, als daß er schien 25 sehr bewegt zu seyn, und [15] drauf bitter in Worten und Geberden. Der Otto murrte, wie immer. Hätt's, glaub ich, gern gesehen, hätt mich der Fürst ersäuft. Er ward so wild, daß er mich hinausschmeißen wollte, hätt's ihm der Fürst nicht verboten.

30 **Adelbert.** Er ist ein Teufel, der Otto, und doch möcht ich ihn haben. Normann, jetzt ist's Zeit! Ihr müßt's machen, und dem Alten vormahlen, als sey er unsrer Hülfe benöthigt.

Normann. Das muß seyn; die Folgen verstehen sich! Besser, schickt einen Buben zu ihm! Er darf's nicht wissen, 35 daß wir zusammen waren.

Adelbert. Sogleich, Normann! der Otto fehlt uns noch.
Könnten wir den kriegen, in unsre Sachen mischen! —

Normann. Dafür laßt mich sorgen! Ich greif ihn auf
einer Seite an, wo's gelingen muß.

Adelbert. Kommt an Tisch! Es sind Gäste da, die euch 5
freuen werden. Die Italiänerin Gianetta, Normann! —
nun so lacht heute, freut euch die Nacht, und genießt!
Morgen in Kefig zurück, noch auf eine kurze Zeit!

Normann. Gianetta. Du da!

---

[16] **Dritter Auftritt.** 10

Schloß Sonnenburg.

Karl. Adelheide.

Karl. Gutes Weib, laß uns lachen! Was hilft das
andre all? wir wollens zusehen! Ich lieb meinen Vater,
das weißt du. Aber ich lieb auch dich, Theure, und wie 15
keiner sein Weib liebt. Laß uns also lachen, ist's noch
immer Zeit zum Weinen, sollt's ärger werden!

Adelheide. Lieber Karl, lehrst mich Standhaftigkeit, und
ich folg dir. Aber laß auch das bittre und kränkende weg,
das sich seit einiger Zeit in dein, sonst immer starkes Herz 20
schlich, sich so fest anklammerte, daß ich fürchte, es so leicht
nicht losreißen zu können!

Karl. Es ist nicht Mißmuth, wie du denkst.

Adelheide. Ja das ist's, und bewahr dich der Himmel
ferner dafür! Lieber, du kränkst meine, und deine Tage dadurch. 25

Karl. Wenn ich's so wegheben könnte, das mich so drückt
— doch laß's, wirds gut werden. Der Adelbert ist doch schlau.
Kannst du's wohl glauben, Liebe, daß es solche Menschen giebt!

[17] **Adelheide.** Der Himmel verzeih ihnen, und mach ihrer
wenig! das ist alles, was ich sagen kann. 30

Karl. Milde Liebe, sieh die Welt immer gut an, sey
glücklich, mach's mich! denn du kannst's erheben des Mannes
Herz, mit Stärke und gutem Muthe, und er ist wohlbe=

halten bey dir, auch wenn ihn der Kummer drückt, und Menschen ihn necken. Denk immer so von der Welt! Wohl mir, könnt ich's auch! Hätt ich's nicht gesehen, wie sie's machen, einen zu stürzen, um sich für ihn einzusetzen. Und so vom Troßjungen, bis zum Fürsten, leitet sie in allem ihrem Beginnen Neid, Eifersucht und Bosheit. Es ist bös hier leben, gutes Weib, wenn's so weit gekommen, daß sie dem Sohn den Vater durch Bosheit stehlen! Noch böser, wenns der Bruder thut!

Adelheide. Lieber Karl, wenns so weit käme, so weit wie ich jetzt denke, denn wirds ja bös hier seyn.

Karl. Laß uns so weit nicht gehen! Es ist doch wunderlich, wenn man so alles vergessen will, was einen drückt, daß es einem am ersten einfällt! Der Adelbert ist doch schlau. Ich fürchte viel von ihm, und doch nichts; viel, und doch nichts.

[18] **Adelheide.** Karl, oft scheinen sie böser, als sie sind. Bist immer zu mißtrauisch, kommt's auf Menschen und ihr Thun an. Er kann's doch gut gemeint haben mit dir.

Karl. Ihre Gestalt ist mancherley, und ein gutes weich= geschaffenes Weib läßt sich leicht durch Larven blenden. So geht dir's. Du weißt nicht, wie glücklich der böse Mensch ausgerüstet ist von Natur. Alles steht ihm zu Dienst. Es giebt Thiere, die auch ihre Boßheit verstellen können; wie Eins, das weint Thränen wie ein Leidender, wenn's den Raub anlocken will. Aber das ist nur eine Hülle, und dazu bekannt. Wie glücklich der Mensch, hat er vergessen gut zu seyn! Unzählige Gestalten der Bosheit hat er; das weiß Adelbert; das nutzt er, die Gabe zu verderben. Aber, Adelbert! wir haben Fäuste und Schwerter.

(Otto kommt)

Nicht wahr, Otto, wir haben Fäuste und Schwerter für'n Adelbert?

Otto. Beym Teufel! die hatt' ich, und er merkte es. Hättest du mir nur seinen Jungen gelassen, zu schinden! Auf der Sonnenwelt ist mir nichts so sehr verhaßt, als er, und sein stinkender Anhang.

Adelheide. Graf! wer wird so seyn? Seht ihr die
Leute einmal als Feinde an, werden [19] eure Blicke nimmer
gut. Kann er doch wohl besser seyn —

Otto. Das heiß ich gesprochen von deinem Weibe! Ja,
wenn sie noch von einem andern redete! — Aber von 5
Adelbert — Liebe Fürstin, eher werdet ihr mich am Spinn=
rocken sitzen sehen, wenn's Schlacht ist; als einen Funken
von gutem Herzen an Adelbert; das glaubt!

Adelheide. Wilde, die ihr seyd! (ab)

Karl. Der Engel! 10

Vierter Auftritt.

Bischoff. Normann. Gianetta. Räthe und Ritter an
einer Tafel.

Normann. Madonna!

Gianetta. Graf! 15

Normann. Madonna!

Gianetta. Normann, was tritt euch in die Augen so
plötzlich? hah! wie das strahlt und glüht! Adelbert, was
ist dem Graf? mir wird angst für ihn.

Adelbert. Gianetta, Zauberin, ihr habt die Seele Nor= 20
manns auf Einen Blick an euch [20] gezogen, an euch fest
mit Banden der Liebe genagelt. Sie ist weg von ihm!
hier hängt sie an euren Lippen, reizend und giftig. Heilt ihn,
Gianetta, heilt den edlen Normann, oder hört auf zu seyn,
was ihr seyd, tödtlich mächtig! oh, wie's ihm übern Kopf steigt. 25

Gianetta. In Rom sah mich Normann, kannte mich.
Ich traf ihn, er mich: und so lebten wir. Hat er dies
alles vergessen? Komm lieber Graf, ich will dir ein Mährgen
erzehlen zum Niederschlagen. War einer, konnte die Liebe
nicht leiden, da er nun einmals — 30

Normann. Gianetta! es brennt, müthet, überströmt —

Gianetta. Armer Graf! auch das hast du vergessen, da
Normann nach langer Erwartung den Augenblick sah, und dann

Salta de letto e in braccio la raccoglie.
Nè puo tanto aspettar, ch'ella si spoglie.
e dunque.
Come si stringon li du' amanti insieme.

5 **Adelbert.** Trinkt Tapferkeit, edle Ritter! übertrinkt das Girren der Liebe, und des Herzogs Tod!

[21] **Normann.** Kühlung! Kühlung, reizende Zauberin, Tod oder Linderung. Laß mich nicht so sterben, und doch so — mein Leben geb ich für das.

10 **Adelbert.** Gianetta, der Graf brennt auf, der edle Graf wird Asche. Trinkt! Gianetta trinkts dem Normann zu!

(sie trinkt)

Normann. (reißt ihr den Becher weg) Laß mich, Gianetta, laß mich, auf den letzten Tropfen — — und so laß mich 15 den Becher der Wollust ganz, ganz ausleeren! Gianetta!

(fällt ihr mit dem Kopf auf den Schooß.)

Adelbert. Kommt! Normann führt Gianetta ins Schlaf= zimmer! (ab)

Gianetta. Graf, lieber Graf, kennt ihr Gianetten nicht, 20 daß ihr euch krümmt und ziert?

Normann. O Gianette! Worte, Luft! — sieh mich an! Es blitzt aus deinen feurigen Augen Glück. Komm!

[22] ### Fünfter Auftritt.

von Hungen. Marie und seine Kinder schlafend.

25 **v. Hungen.** Ich kann nicht schlafen! Oh könnt ich's! einen kurzen Augenblick das grimmige, zur Rach anblasende Leiden, das hier liegt, vergessen! Nein, nicht Rache, nicht Rache; sie wird ohnedies kommen, ihn foltern auf'm Sterbe= bette! Nimm du die Rache, Rächer und Mächtiger! — 30 O Adelbert, der du die Tugend leiden machst, meinen armen Sprößlingen Thränen abtringst, daß sie sich jagen von ihren Wangen! — Liebes Weib! ruhst wie die Un= schuld; durch Leiden ermüdet fielst du hin, hier deinen letzten Schlaf zu thun. Süße Marie, dich wollte er zur Hure

machen, dich Tugendbild! — die Tugend zur Hure machen!
Pfuy Adelbert, so zu denken! deine schöne Wangen mit
Unflath überladen! — oh im Schlafe tritt ihr die Schaam
auf die Wangen, beym bloßen Schall. Marie! nur durch
die Tugend schön, noch schöner, da du trüber leidst. Wir 5
gehn in andre Länder, lassen ihm unsre Güter, nehmen's
Beste mit, dich und meine Kleinen. Für dich will er sorgen!
— ey Adelbert! und für meine Kin= [23] der! — Aber
nicht wissen sollst du's, was du dem Wollustteufel eingeflößt.
Kann die Tugend auch Schmeißfliegen an sich locken? O 10
Satyr! Satyr, hast du nicht Metzen genug, daß du die
Tugend kränkst? — — Liebe Marie! meine kleinen Spröß=
linge! (küßt sie) so, noch einmal, erwacht nicht! ich bitt
euch, ruhig eure kleinen Herzen! Marie! (küßt sie) da hängt
eine Thräne. Weinst du sie, Traute? sie ist mein, will sie 15
wegwischen.

Hans. (träumend) O böser Bischoff! nur mein kleines
Gäulgen nit. — Das kleine Gäulgen, das mir Wieburg
gab. — — nimm alles, alles — — der böse Mann —
mein Gäulgen. Ha! (erwacht) 20

v. Hungen. Lieber Junge, laß ihn in die Hölle reiten
drauf. — Wachst du, Hans? was schreyst?

Hans. Oh das ist gut! helft, da hat er mir das Gäul=
gen genommen, der Adelbert — ich war recht zornig über
ihn. Aber lieber Papa, mein Gäulgen! Lauft zu ihm — 25
oder gebt mir meinen Degen, daß ich's hohl!

v. Hungen. Du sollst ein anderes haben, guter Bube!
Warte! Mein Weib erwacht. Standhaft!

[24] **Marie.** Friedrich, hast du geschlafen?

v. Hungen. Ja, Liebe, lang und ruhig. 30

Konrad. Pape, nimmt mir Adelbert auch's Nestgen im
Busch? es hat Jungen. Auch meine Tauben?

v. Hungen. Kriegst andre.

Konrad. Auch's Eichhörngen? o das ist garstig von ihm!
Mein Eichhörngen, das mein war, immer; das ich fütterte, 35

das mit mir sprang? bös! bös! — Hans, und dein Gäul=
'gen hat er auch?

Hans. Pape sagt, der Adelbert ritt in die Höll drauf
zum Bösen. Laß ihn reiten! da wird er mit Zangen ge=
5 hezt, Pech und Schwefel in Hals gegossen, weißt's ja, und
kriegt L— — Suppe. Und ich krieg ein anderes. — Pape,
das Füchsgen kommt doch nicht auch in die Höll?

v. Hungen. Nein, Hans. Mußt davon nicht reden!

Konrad. Schweig Hans! Er muß doch nein! Der
10 Pape mag's nit gern sagen. Er hat uns ja alles genommen.
Mir's Nest, die schöne Tauben mit den Pfauschwänzen,
mein [25] kleines Eichhörngen. Dirs Gäulgen. Dem Pape
alles. Hast du's vorhin nit gesehen, wie sie da waren; alles
zumachten, sagten, der Pape müsse fort?

15 **Hans.** Der garstige Mann sagte, Mama und wir müßten
da bleiben, das thun wir aber brav nit.

v. Hungen. Liebe Marie, laß uns hier nicht zögern!
Mir stinkt's hier alles an. Es ist nichts mehr hier zu thun,
wo Adelbert und seine Genossen sind. Willst du nicht hier
20 bleiben, Liebe, weil er's sagte?

       Kinder (plaudern dazwischen).

Hans. Sieh, wenn ich nur hätte meinen Degen nehmen
dürfen — ich wollte ihm —

Konrad. Du wärst's ihm gethan haben, du.

25 **Hans.** Sag mir das nit mehr, Konrad! du weißt, daß
ich stark bin, stärker, wie du, und alle die Buben hier herum.

Konrad. Drum kriegst auch immer Löcher in Kopf?

Hans. Das glaub ich, waren damals zehen hinter mir,
und nahmen Steine dazu. [26] Und doch jagte ich sie alle
30 mit meinem blutigen Gesicht. Du, sag mirs nit mehr, du!

Marie. (dazwischen) Wie kannst du's fragen? laß uns
eilen, lieber Friedrich! Laß ihm alles da, nimm dein Weib
mit! Kannst du doch keinen Augenblick allein seyn, und
magst das fragen. Wenn dich deine Wunden bey der bösen
35 Witterung brennen, wer soll um dich seyn, der's lindert?

v. Hungen. Ja Marie, da bin ich mürrisch und du huld=
reich. Dacht ich doch kaum mehr, daß ich Krüppel bin worden
für'n Adelbert. Laß es, er mag seinen Lohn hinnehmen!
Find ich doch alles doppelt in dir.

Marie. Und ich in dir.

Hans. (dazwischen) Meinst du, weil dich der Magister
lobt? Was kümmert mich dein Magister, ob er mich schilt,
oder lobt, und macht er mirs zu toll, stell ich ihm einmal
ein Bein, dem dicken Wanst. Geh sags ihm! Ich heiß
Hans Hungen sein Bub.

Konrad. Das ärgert dich eben, weil ich's groß a. b. c.
schreiben kann, und lesen. Nit wahr? und du kannst's nit.

[27] **Hans.** Davor hast auch keine Kourage und fürchst dich
für em Märel seine Nägel, du. Komm mal heraus, bist
mir eine Handvoll!

Marie. Kinder!

Hans. Hah Mutter!

Marie. Was habt ihr zusammen? —

Hans. Der, mit seinem Lesen und Schreiben!

Marie. Habt Ruh! Wollen wir was einpacken?

Hans. Was soll ich tragen?

Konrad. Ich trag's Schwestergen.

Hans. Ich des Papes Gewehr, die Flinte, Schwert,
und meins.

       Wieburg. (tritt herein.)
       (Kinder laufen um ihn)

Hans. Er hat mirs Gäulgen genommen, lieber guter
Mann!

Konrad. Mir meine Tauben, Nest, Eichhörnchen droben
mit eingeschlossen. (zu Hans) er schaft's uns vielleicht, sag's
zu ihm.

Hans. Guter Mann, macht, daß mirs wiederkriegen!
Da sing ichs auch „Es war emal ein guter Fürst ꝛc. soll ich?

[28] **Wieburg.** Sollt alles wiederhaben. Seyd ruhig!

Hans. Aber Papa geht ja fort, wir auch, und da kommt ihr nit mehr zu uns.

Wieburg. Wir gehn zusammen, seyd still! Da habt ihr was (giebt ihnen was). Braves Weib, wie stehts? und ihr, 5 Hungen, tragt ihr geduldig?

Marie. Ja, Freund, das thun wir.

Hungen. Glaubt mir, Wieburg, der Tag ist traurig und doch nicht traurig. Mir wirds wohl werden.

Wieburg. Von Hungen, ich bin euch gleich geworden. 10 Der alte Wieburg ist vom Hof verbannt. Er ist euer Freund. Hier steht der alte Mann, bittet euch, ihn aufzunehmen. Wollt ihr?

Marie. Lieber Gott, wie geht das zu?

Hungen. Was sagt ihr, Wieburg? Verbannt?

15 **Wieburg.** Das bin ich, und freu mich; wollte es. Braver Hungen, erinnert mich nie mehr daran, es macht mich toll, wenn daran denk. Fragt mich nichts, bis wir weg sind! Könnt ich die giftige Pest auf Einen Ruf her= [29] beyziehen; könnt ichs mit einem Schrey, der mir's Leben kostete, sie 20 müßte herbey und mit stinkenden fäulenden Bänken den Adelbert und sein Zeug's überschneyen, zu Aas machen, daß es Menschen graute für'm Schensaal.

Hungen. Sagt nicht so, Wieburg! Sie werden's doch fühlen.

25 **Wieburg.** Oh das müssen sie; tausendfache Qual, für das, was sie euch thaten.

Hungen. O Wieburg, jetzt fühl ich mein Leiden doppelt, da es euch auch getroffen. Rechtschaffner Wieburg, dich hat Adelbert verbannt! warum that ers?

30 **Wieburg.** Lieber Hungen, laß es so und schweig! Wir gehn.

Marie. Gewiß, lieber Mann, daß er sich deiner zu eifrig annahm.

Wieburg. Marie laßt uns davon nicht reden! Ich möchte

fluchen, und das schändete meine grauen Haare. Laßt uns gehn, aus dem Land, wo Menschen und menschlich Gefühl naus geflohen ist; den Staub abschütteln, und nicht mehr dran denken, daß wir's betreten haben! Gütiger Gott, nimm mich bald zu dir! Ich bin grau geworden dir treu, so nimm [30] mich, hier ist keine Stätte mehr für deinen Diener. Nimm den braven Hungen, sein Weib und Kinder in den Schutz; mach sie glücklich; laß keinen mehr in diesem Lande aufwachsen, daß die guten Pflanzen nicht mißbraucht werden von bösen Händen. Thu's alles, guter Gott!

Hungen. Pak zusammen, Marie. Kinder!

Wieburg. Rührt nichts an! Schlept euch fort; mich mit! Laßt's liegen! Wir haben doch. Da Hungen, nimm's!

Hungen. Das thu ich nicht, ihr braucht's.

Wieburg. Wollt ihr den alten Wieburg nicht? (weint) gut dann.

Hans. Lieber Pape, laßt ihn doch nit weinen, den lieben Mann! Er ist ja so gut — giebt mir auch wieder ein Gäulgen.

Wieburg. Wollt ihrs? oder ich geh allein und sterb in der Wüste.

Hungen. So thu' ichs. Bleibt bey uns! Unser Leben hängt von euch. Wir wollen euch schützen für allem Widrigen. Wir gehn nach Italien, zu meinem Bruder.

Wieburg. Nur aus diesem Land!

Hungen. Kommt Kinder, komm liebe Marie und beschenk dieses Land mit keiner Thräne!

[31] **Hans.** Das nehm ich, Pape! zu Franz! zu Franz! und's Papes Bruder.

Konrad. Ich's Schwestergen. Die Breypfanne. (packts auf'm Rücken. Das kleine lacht) Seht es lacht — o du liebes! (küßts.) seht, Pape, Mutter, wie's lacht!

Marie. Du Engel! (küßts) mein süßes Püpgen!

Wieburg. Hast du's Gefühl davon, du liebe Unschuld, daß du dem Räuber entgehst? Werd ich mit dir zum Kind. (küßts)

2*

Hans. Muß den Hund suchen. Waldmann! Waldmann!
(pfeift) Ha! da ist er schon. Komm (pfeift und singt)

>Es war emal e guter Fürst,
>Vor sieben hundert Jahren.
>Der war geliebt zu aller Frist,
>Wie's Bücher wohl bewahren x.

Jungen. Schweig Hans, sollt das jetzt nicht singen.

Hans. Kann mir's der Bischoff auch wehren? Er hat
ja das Gäulgen; ist reich mit, kann er mich doch wohl singen
10 lassen. Hätt ich ihn nur!

[32] **Marie.** Will ich mein Milchkind nehmen. Gehn wir!

Wieburg. Dem Räuber entgehn, wie das so leicht macht!
Kommt!

Jungen. Gott führ mich gut mit Weib und Kind und
15 dem treuen Greis.

Konrad. Da kommt's Eichhörngen. Hans! Hans! oh
fangs! soll's auch halb dein seyn! Möchts Schwestergen
stoßen.

Hans. Habs schon, hat sich mit der Kett verwickelt.
20 Dafür sollst auch auf'm Gäulgen reiten. Sie sind ja schon
fort. Pape nehmt uns mit! Eure liebe Kinder laßt nit zurück!

Marie. Meines Kinds Windeln!

Konrad. Liebe Mutter, seht nur's Schwestergen!

Sechster Auftritt.

Rothenburg.

Konrad.

Ja; der verhärteste Böswicht muß er seyn, wenn er's
wagt. Dabey ein Mensch, der nicht 's geringste von Ver=
stand besitzt. Um eines Mädgens sündiger Begierde willen,
30 Vater, Pflichten, Religion, vergessen; [33] sich um ein Herzog=
thum bringen, das gewiß ist! Himmelschreyend! Aber, der
Stolze! schon als Knabe verachtete er alles, was nicht mit
seinem hoch gespannten Kopf übereinkam. Wenn er so von
Größe des Geistes, Edelmuth und Großmuth schwatzte,

Wörter, worunter verstocktes Heidenthum verborgen lag;
Geistliche und seinen Bruder verachtete — — da liegt er,
und mit ihm der Dünkel! Kann ich mich zufrieden geben.
Mir fällt's zu. Und ohne Verbrechen; denn, wär's Ver=
brechen, bey allen Heiligen ich würde es verabscheuen. So 5
seh ich's als ein Werk des Himmels an. Religion, dir diene
ich, wenn ich meine Hände biete, einen Frevler zu bestrafen.
Er ist mein Bruder, aber deine Gesetze sind weit bindender
und verpflichtender, als die, welche die Menschen durch die
Natur aneinander ketten. Dein Wille ist's, ich widerstrebe nicht. 10

　　　　　Beichtvater. (tritt auf.)

Konrad. Ehrwürdiger Vater, was bringt ihr?

Beichtvater. Frommer Prinz, was kann ein treuer Diener
der Religion, bey Zeiten, wo Frevler ihre Vorschriften ver=
gessen, an= [34] ders bringen, als Thränen, verweint über 15
solche bejammernswürdige Verblendungen? Träume, Gesichter
und Zeichen verkündigen das schreckliche, womit ein irrig
gesinnter Bruder die Kirche und den Vater bedroht. Aber
ihr werdet's hinausführen, und einsehen, daß Gott den
Würdigen erhebt und Frevler stürzt. Zum Glück eures 20
Vaters Unterthanen werdet ihr siegen.

Konrad. Mann von Gott! wär dieses nicht, fühlt ich
den Ruf der Religion nicht innigst! nichts sollte mich ver=
mögen, die schwere Bürde der Regierung jemals zu tragen.
Allein das Mitleiden für so viele Seelen, die unter Karls 25
Regierung verlohren giengen —

Beichtvater. Heil und ewiger Segen euren edlen Ge=
sinnungen und frommen Entschließungen! ihr werdet's aus=
führen. Keine irdische Macht widersteht den Erwählten der
Heiligen. 30

Konrad. Wie ich jüngst vernahm, sollen die Einkünfte
eures Klosters nicht mehr hinreichend seyn —

Beichtvater. Leider, mein Fürst! dies ist der Lauf der
Welt. An uns, die wir für ihre Seele sorgen, denken sie
am wenigsten. [35] Ketzerey und Eigennutz reißen zu unsern 35

Tagen so stark ein, daß Fürsten nur sich zu bereichern be=
dacht sind, und am wenigsten an Gottesfurcht und Klöster
denken. Da ergehen dann die Strafgerichte! — O ihr
Heiligen, schenket der Erde Fürsten wie Konrad, und reinigt
5 sie von Ungläubigen! ⋅

Konrad. Schon war ich besorgt; lag meinem Vater
drum an. Wäre mein Bruder nicht darzwischen gekommen,
es wäre bereits geschehen.

Beichtvater. Friede für diesen Gedanken! und die Aus=
10 führung erwirbt euch ewiges Wohl.

Konrad. Mein Vater hätts längst gekönnt.

Beichtvater. Verzeiht, wenn ich sage, daß euer Vater
nicht wenig zur Boßheit Karls beygetragen! Und ich fürchte,
er haßt uns heimlich. Ich wünschte, eine Lüge gesagt zu
15 haben! Und das üppige Hofleben! die Gaukler! —

Konrad. Mein Vater ist ein unbeständiger, hitziger, stolzer
Mann, dessen Fehler zu ertragen Geduld erfordert.

Beichtvater. Ja das ist er, höchst unbeständig und stolz!
Ich habe Proben. Mein Fürst, ich dächte, ein Gesetz, welches
20 alte [36] schwache Väter verbände, dem kraftvollen Sohn
(besonders wenn der Sohn Konrad wäre die schwankende
Macht der Regierung abzutreten, wäre sehr vernünftig.
Religion und Gewissen vertheidigen's, da es das Wohl des
Volks betrift, für das nie zu früh gesorgt werden kann.

25 **Konrad.** Ihr könnt Recht haben. Doch eingeführten Ge=
bräuchen —

Beichtvater. Was Gebräuche!

Konrad. Der Herzog!

Siebender Auftritt.

30 Herzog.

Herzog. Konrad, wird er sich geben? Hat er noch nicht
geschickt und widerlegt, sie sey sein Weib nicht?

Konrad. Wollte der Himmel, es wäre so!

Herzog. Meynst nicht, daß ers thät? Laßt uns allein Euer Ehrwürden! Meynst also nicht?

Konrad. Wenn Wünschen und Beten wirkt, denn thut ers.

Herzog. Mit dem Pfaffengeschwätze! Junge, du riechst 5 nach Wachskerzen und Rauchfaß, an stat's Pulver's. Wenn das nicht hilft, [37] gehn wir ihm zu Leibe, und da soll's wirken kräftig, daß er taumelt, und mit ihm sein Traum vom Herzogthum. Verstehst du's? Was will der?

Reuter (kommt) 10

Reuter. Vom Bischoff, meinem Herrn, gnädiger Herr!

Herzog. Adelbert doch nicht?

Reuter. Adelbert.

Herzog. Hm! Adelbert! was will der? Will er sterben? Will er sein feindselig Leben bereuen gegen mich? Ists so? 15

Reuter. Der Bischoff, gnädiger Herr, ist gesund.

Herzog. Hm! so mag er krank werden!

Reuter. So sagte der Bischoff zu mir: Sage dem Herzog, Adelbert habe vernommen, wie sein Sohn Karl gesinnt sey, ihn vom Thron zu stoßen, um eines Weibes, heimlich geehlicht. 20 Das sey Adelbert zu Ohren gekommen, habe sein Herz getroffen, und so biete er dem Herzog, nächst seinem Gruß, seine Hülfe an, in Person, mit Reutern und Fußknechten.

[38] **Herzog.** Bist du fertig? Sag dem Adelbert, ich wollte —

Konrad. Gnädiger Herr, Karl ist acht hundert stark, und 25 täglich wächsts.

Herzog. Schweig du! Sag ihm —

Konrad. Laßt ihn einen Augenblick weg! Geh du, ich will dich rufen.

Herzog. Bleib du, und Konrad schweig! Was nimmst 30 du dir heraus? Geh nur, Bursche, bis ich dich ruf! Mir zu befehlen, wegzuschicken? das mir, Konrad?

Konrad. Gnädiger Herr, wenn ihr's so nehmt —

Herzog. Kennst du nicht den Bischoff? Weißt nicht, was er alles schon uns that! Und ich sollte seine Hülse annehmen wegen Karl, daß er den Baum erlege, Stamm und Wurzel? Meynst so?

5 **Konrad.** Ihr führtet Krieg mit dem Bischoff, er war genöthigt, von seiner Seite alles zu thun, wie ihr's auch thatet. Der Krieg fiel aus, gut für euch. Nun saß er seither still, gab nicht die geringste Gelegenheit zum Argwohn von Haß; gab sich alle Müh, eure Gunst zu erwerben; ihr waret un= 10 versöhnlich gegen [39] ihn. Nun kommt er, bietet euch edel= müthig seine Hülse an, will euch festsetzen in euren Gerecht= samen, gegen einen Aufrührischen vertheidigen. Sagt, ob das nicht edel ist?

Herzog. Schweig von ihm! Was, er? Er sollte mich 15 vertheidigen gegen meinen Karl? Wer bin ich? Nein, bey meiner Seel, nein, er soll mir keinen Fuß ins Land setzen! Ich will meinen lieben Karl züchtigen, ohne daß sie ihre Hände nein mischen. Nicht wahr, du glaubst, er meynts gut, weil er ein Bischoff und geistlich ist? o dummer Junge, 20 der du der Schlange entgegen läufst, ob du sie schon zischen hörst!

Konrad. Oh daß ihr nicht zu überzeugen seyd! haßt ihr einen.

Normann kommt.

Herzog. Graf, was sagt ihr? da schickt Adelbert, will 25 mir Volks geben gegen Karl. Hat's der Herzog nöthig? dazu von ihm?

Normann. Niemals wird der tapfre Herzog fremde Hülse nöthig haben, so lange Karl keine sucht, nicht des Herzogs Leute von ihm abtrünnig macht, und seine Absichten niedriger 30 spannt.

[40] **Herzog.** Was meynt ihr da? bitt, redet deutlicher, Herr!

Normann. Was braucht's viel Worte? die meisten jungen Leute sind zu Karl übergangen.

Herzog. Und das sagt du so kalt, Graf? es ist nicht 35 wahr! was wären sie durchgegangen, übergangen?

Normann. Die besten Kerls.

Herzog. O verdammte Zunge, die das sagt! nein, du lügst, Graf! sag, wie können sie das?

Normann. Die besten Kerls.

Herzog. Was wären sie? die besten Kerls? Verräther, die zum Aufrührer die besten Kerls! Und du kommst mit einer Miene, so kalt, als wäre ein altes Weib gestorben! Hast keinen, den ich morden könnte? ließt sie alle laufen? kommst mir vor die Augen? — Eilt und schafft mir sie, oder euer Leben muß sie bezahlen!

Normann. Wenn Boten gehen sollen, nie wieder zu kommen, so schickt ihnen nach! Und wieder nach, bis kein Mann übrig bleibt. Um Mitternacht giengen sie Schaarweiß.

[41] **Herzog.** Sind ihre Väter da? bringt mir sie! alle sollen sie vom Felsen hinunter! alle, nicht Eines Mannes geschont werden!

Konrad. Und wer soll fechten?

Normann. Die Alten sind auch mit.

Herzog. Die Alten auch! Nun, so steh mir Gott bey! Und hier schwör ich armer, alter Mann auf meinen Knien (kniet sich) bey ihm, mich nicht eher niederzulegen und Ruhe zu kosten, bis ich sie alle getilgt von der Erde, und Karl mit! Todesarten will ich ersinnen, peinigender und schrecklicher, als sie noch von Menschen gehört und gesehen worden! das will ich thun! Und steh mir bey, gieb mir sie unter die Hände! Mich treulos zu verlassen; die sie mir alle schwuren, auf ihre Seele — denn zum Sohn überzugehen, ihn in Meuterey zu stärken — Gütiger Himmel, du kannst zusehen, ohne nein zu schlagen mit deinem Donner?

Konrad. Wer hätt's denken sollen?

Herzog. Ich hab sie alle geliebt, und ihr Freund war ich. Nennt mir sie! Nein, thut's nicht! Und doch will ich's hören. Wer sind sie?

[42] **Normann.** Franz von Walldorf, mit seinen zwey Söhnen.

Herzog. Lieber, lieber Gott, wenn du einen tief ver=
wunden willst, machst du ihm die Menschen, die er aus dem
Staube gezogen, undankbar! Sag mir keinen mehr; ich
möcht über den einen rasend werden; wie der mich bezahlt,
5 daß mirs Herz blutet!

Normann. Heinrich Blunt, und sein Sohn.

Herzog. Schweig Graf! — Heinrich Blunt; er war
ein edler Mann, der Heinrich Blunt. Ich schlug ihn zum
Ritter, da mir Karl gebohren ward, gab ihm Güter —
10 Lieber Gott, nimmst mir die Besten! Heinrich Blunt! wer
ihn scheel ansah, grif mir ins Aug. Heinrich Blunt!

Normann. Konrad Wallungen, sein junger Vetter.

Herzog. Wallungen! Nun, Wallungen, geh auch du hin,
bis wir uns wieder sehn! Sein Herz hieng an Karl. Jetzt
15 versteh ich seine Reden von Gestern, da er mich bat —
Gut, Wallungen, du warst ein tapfrer Mann; ich denk,
dein Geist schied von dir, da du zum Aufrührer übergiengst.

[43] **Normann.** Der alte Gebhard.

Herzog. Schweig, schweig! das bringt mich um; keinen
20 einzigen mehr! Walldorf, Blunt, Wallungen, Gebhard; vier
rüstige wahre Männer: Kein Wort mehr, Graf, es waren
Edelsteine an meinem Hofe; aber zu Glanz bracht ich sie;
vor waren sie dunkel und im Staub. Laß sie gehen! Wer
mir aufstößt von ihnen, den stoß ich's tief ins Herz.

25 **Normann.** Gerg — —

Herzog. Keinen mehr, Graf! soll mich die Untreue der
Menschen zu todt foltern?

Normann. Nun, gnädiger Herr, überlegt wohl, ob die
Hülfe des Bischoffs zu verachten, wenn er zu haben ist, und
30 Karl ihn nicht schon auf seine Seite gebracht; wie's Ge=
rücht geht?

Herzog. Denen kann's nie wohl gehen, die's sagen. Das
Gerücht — Hah das Gerücht! weiter, Graf!

Normann. Karl hat zum Bischoff geschickt, gemeinschaftliche
35 Sache gegen seinen Vater mit ihm zu machen, das ist wahr!

Herzog. Oh, möge deine Zunge kein Wort mehr reden! Graf, holt ihr aus der [44] Hölle diese giftigen Zeitungen? Es ist aus, sein Maas ist voll! Mit Tod und Verderben leer ich's ihm aus, übern Kopf! Laßt den Jungen kommen! das zerfleischt einem das Herz. Sag dem Bischoff, er möge 5 eilen, mit so viel Mann er hätte! —

Achter Auftritt.
Eine Laube.
Gisella. Ihr Mädgen, geschriebene Blätter in der Hand.

Gisella. So starb er, und sie saß auf seinem Grab= 10 maal; weinte, vergaß sich, und die Welt, und war ihr wohl da. — Der Barde muß eine fühlende Seele gehabt haben, sein Gesang geht so ins Herz, und; wenn man's so innigst fühlt — leg's weg! — Geweiht seyen ihnen diese Thränen. — Was erschreckt mich doch! das war so ängstlich, was 15 mir da einfiel! O lieber Karl! getäuscht von der Ein= bildung — und meiner — sey's so! meiner Liebe, hätt ich deine Gefahr vergessen können. Verzeih, lieber Bruder! war es doch so süß, zu träumen, so glücklich —

[45] **Mädgen.** Gnädige Fürstinn! kann's doch alles noch 20 gut werden. Der Herzog will noch zu ihm schicken; sehen, ob er Karl bewegen könne. Und wer weiß, ob er nicht nachgiebt, wenn er sieht, Karl kann nicht?

Gisella. O es wird niemals seyn! Die Entschließungen meines Vaters sind feste Thürme, Felsen! prallt alles zurück, 25 da hilft kein Bitten. Unglücklich der, den er haßt. Und die Leute, die um ihn sind, mag ich's nicht denken. Lieber Bruder, dir wird übel mitgespielt von allen! Und du, Ludwig! auch du, und deine Schwester! Ich hab' einen Brief von ihm. Soll ich mich Otto geben, räthst du mir 30 das, gutherziger Ludwig? Weil der Mann so vortreflich ist, so würdig, das sagst du? oh der rauhe, tapfre Mann; hätt ers von dir, das sanfte, das mir so an dir gefiel! Nicht wahr, der Otto ist ein rauher, rauher Mann? Nicht so, wie der, von dem der Barde singt? 35

Mädgen. Ich sah den Otto einmal, und so keinen Mann seh ich mehr. War das nicht ein Mann, ein wahrer Mann! Wenn er so auf seinem Horst, dem großen stolzen Schimmel herein sprengte, war's groß anzusehen. Allen
5 Rittern war die [46] Seel in den Augen; man sah's ihnen an, wie sie seine Gegenwart fühlten, alle neigten sich, und ihr Blick war, wär ich der Mann!

Gisella. Du sahst den Ludwig nicht. Hörtest ihn nicht sprechen, wie er so zu meinem Herzen redete, ich ihn gleich
10 verstund. Tapfer und mild — komm, lies noch was vom Barden! Aber nicht traurig! Sieh, sie müssen sich lieben, und glücklich werden! Wir wollen unter die Bäume gehen. (ab.)

Normann. Sieh, sie müssen sich lieben, und glücklich werden! So war's, so war's, bey meiner Seele! Dacht
15 ich's doch schon lange! O treflich! das fügt sich, schickt sich und greift ineinander. Tapfer und mild! Ich hör's noch: — tapfer und mild: — gut! hängt einander! und das ist deine Angel, Otto, du rauher Mann! und denn will ich sie trennen. Wirst du an dieser Angel nicht ge=
20 fangen, wirst du's nie. Und dem dummen Kerl den Brief vertrauen —

[47] ## Zweyter Aufzug.

Erster Auftritt.

Einsiedler im Walde, (gräbt.)

25 Bald ist mein Grab fertig. Hab ich doch schon lange gegraben. Aber tief, tief soll's seyn! Können meine kraft= losen Arme doch kaum mehr. Hier werd ich liegen, ruhen, unter diesen Linden, die mir so oft Schatten gaben, des Alters Last nicht mehr fühlen. (gräbt fort, und seufzt) Schlaffe
30 Nerven im Alter; Gebeine ohne Mark nur Säfte! Sünden der Jugend, ihr drückt mich hart! — Wie lang leb ich schon hier? grau war mein Bart, das Herz der Freude ge= storben. Und hätt ich's gethan, wärs Alter nicht kommen?

Das riß mich, zog mich von der Welt, die ich nicht mehr
genießen konnte, weil ich sie zu viel genoß, das fährt mir
durch die Gebeine — Hah! Frost in Sommer, Hitze —
kann nicht mehr, bin zu müde. Morgen werde fertig, Ruhe-
stätte, und denn schließ mich bald ein! (sezt sich auf einen Rasen)   5
Für heilig gehalten, [48] leb ich hier. Menschen, zum Betrug
gemacht, ihr wollt nicht anders, ich muß. Ihr würdet mich
anbeten, mich elenden, mehr verworfenen, als einer von euch.
Meine alte Wange glühte vor Schaam, und der Wurm nagt
mir am Herzen. Horch! ein Sturm, werd's erst gewahr.   10
Hör den Donner! brüllt schon schrecklich, ruft mich zum
Beten!

Celle.

Einſiedler (auf den Knien, betet, zieht am Glöckgen.)
Sturm und Donner.   15

Konrad (tritt herein.)

Fürchterliches Ungewitter treibt mich hieher. — Verzeiht,
heiliger Mann! ich stört' euch. Ich will mit euch beten.
(kniet sich neben ihn)

Einſiedler (wie oben.) Ist ein grausamer Sturm, hab   20
noch keinen so erlebt. That't wohl, daß ihr euch flüchtetet.

Konrad. Ich war auf der Jagd; Glück wars, das mich
zu euch führt, Ehrwürdiger Vater, ich dank dem Himmel
dafür. Kennt ihr mich?

[49] Einſiedler. Ich kenn die Leute von der Welt nicht.   25

Konrad. Ich bin nicht davon, heiliger Mann! Mein
Herz ist der Religion geheiligt, obschon eines Fürsten Sohn,
und weltlich gesinnten Mannes Bruder.

Einſiedler. So seyd ihr Prinz Konrad. Dank euch,
Heiligen, die ihr mich den Mann sehen ließt, der seinen Gott   30
liebt; Dank euch! Glückliche Jugend, fern von Sünden,
munteres Alter erwartet dich.

Konrad. Ihr kennt mich?

Einſiedler. Ich weiß alles, mein geistlicher Sohn! habs
längst gehört von einem aus dem Kloster. Ihr habt einen   35

bösen Bruder, verstrickt und verwickelt in Sünden, verläßt er seinen Vater, einem Weibe anhängend, darzu des Feindes Tochter.

Konrad. Mein Vater zieht gegen ihn. Ich bin in Unruh, weiß nicht, ob ich mit soll?

5 **Einsiedler.** Zieht mit, errettet Menschen Seele und ihr Heil! Ich seh euch auf dem Thron des Vaters. Nehmt's für wahr, und glaubts! Ihr werdet herrschen an der Stelle des ersten Bruders, erlesen vom Himmel, [50] auf daß ihr des Vaters Unterthanen errettet vom Verderben, größer als 10 Tod. Hätte mich das Alter nicht getödtet, ich wollte mit euch; euch herrschen sehen, getrieben von Gottes Geist. Ist Weissagung vom Himmel. Der Sturm dauert, betet.

Konrad. Heiliger Mann, dessen Lippen der Andacht und Wahrheit gewidmet; Gott führte mich zu euch. Ich fürcht 15 aber, zu regieren, ich laß es meinem Bruder, um keine Ungerechtigkeit zu begehen.

Einsiedler. Murrt nicht gegen den Himmel! Er ruft euch laut, laßt es eure Seele vernehmen — betet!

(Knien und beten. Ein starker Schlag giebt Krachen, springen 20 erschrocken auf.)

Jesu Maria steh uns bey! ist der jüngste Tag da. (sieht durchs Fenster) Eichen von Riesenhöhen zersplittert! Ueber mein Grab brach's ein. Grauß! grauß! — Prinz, große Männer werden fallen; ist Vorbedeutung.

25 **Konrad.** Ich fürchte, fürchte! Laßt uns beten, beten!

---

[51] ## Zweyter Auftritt.
Rothenburg.
Herzog. Normann.

Herzog. Konrad auf der Jagd, in dem Ungewitter? wenn 30 ihn nur kein Unglück trift!

Normann. Er wird sich geflüchtet haben, gnädiger Herr. Es verzieht sich, wird hell — — die Sonne!

Herzog. Und da ein Regenbogen verkündiget Gnade und

Verzeihung der sündigen Welt. Es ist jemand; wie gern
wollt ich ihm verzeihen! Karl! — scheints doch, als rief
mich der Himmel, es zu thun. Er verzeiht uns, läßt uns
das Gnadenzeichen sehen — das will ich auch, Karl! will
dich lieben, kostbarer Junge!   5

Normann. Seyd ihr noch willens auszuziehen, gnädiger
Herr?

Herzog. Ich wollt ihm eben verzeihen. Gottes Huld
glänzt mir vom Regenbogen — o lieber tapferer Karl, deines
Vaters Huld — komm!   10

Normann. Der tapfre Karl; der tapfre Karl!
[52] **Herzog.** Graf! was? warum wiederholt ihr meine
Worte?

Normann. Der tapfre Karl hat tapfre große Absichten.
Legt ihm die Regierung nieder, gebt ihm Wilhelms Tochter 15
zum Weibe! doch die hat er schon. Nur legt ihm die Regierung nieder! thut's und geht ins Kloster! Karl ist ein
tapfrer junger Mann von mächtigem Feuer, und hoch ist der
Geist dieser Leute gespannt, da seht ihr nicht nauf.

Herzog. Das wollt er alles. Oh daß er Recht hat, 20
daß er Recht hat! Ich hätt's vergessen; wollt's. Ein Junge,
der den Tod für mich auffieng, neingieng, als keiner. Der
mit meinem Herzen schalten und walten konnte nach Willen.
Oh daß er Recht hat! Wilhelms Tochter, meines Haupt-
feindes; meine Regierung — wir ziehen aus. O du Schlange, 25
die ich in meinem Busen aufzog, nährte, schmeichelte, daß
du mir übern Kopf wüchsest; daß du auf meine graue Haare
trätest, sagtest, so macht's der Sohn dem Vater, der nicht
will, wie er. O satanisch! satanisch! Wir ziehen aus,
morgen, morgen!   30

Gisella (tritt auf.)

Hör Gisella, liebe gute Gisella! dein Bruder, dein kostbarer
Karl ist mir übern Kopf gewach= [53] sen, wird bald Herzog
seyn. Gefällt dir's? Nicht wahr, Gisella, hättst's nicht geglaubt von Karl, daß ers thät dem armen Mann um einer 35
Metze, einer Feindin willen? Aber gieb dich zufrieden!

Morgen ziehn wir aus, ihn zu demüthigen, zu morden, wenn
er nicht anders will.

Gisella. Gnädiger Herr, euer lieber Karl, mein Bruder!

Herzog. Schweig Weib, was! was sagst du? Ist dirs
lieber, mich untergejocht zu sehen von ihm? Nein, kannst's
nicht so wollen, trautes Mädgen. Wie eines Kindes schonen,
das mich stürzen will in die Grube? Auf meiner Grube
den Thron erbauen, mit Vaters Blut befleckt. Gisella sags
nicht mehr! dein Bruder muß gehorchen, oder ich bring dir
ihn todt mit seinem Anhang, todt sollst du ihn sehen, den
Feind deines Vaters. — Normann, reitet nach Konrad,
nehmt Leute mit! Gewiß wird er sich bey einem Mönch
verkrochen haben. Der Geist des Helden ist nicht in ihm;
in Karl tausendfach, und der ist nicht mehr mein. Liebe
Gisella, hol deine Laute, sing mir's weg vom Herzen.

Gisella. Du wirst viel leiden, arme Gisella! (ab.)

[54] **Herzog.** O Thor! Thor! armer alter Thor! du
stütztest dich auf ein schwaches Rohr, das schwankte; du stürz=
test, weil deine Stütze ein Nichts war. Wem giengs auch
so? oh meinem Vater, der stützte sich auf den Erzbischof,
seinen Bruder, der war ein schwaches Rohr, wollte es seyn;
das sahen die andern, und er fieng an zu sinken; wär ge=
sunken, wär ich nicht kommen. Kaum der Amme entlaufen,
band ich mit allen an, hub meinen Vater auf, und er saß
da, geschmückt mit Güte und Gerechtigkeit. So dacht ich's
auch, so dacht ich's auch, umringt von meinen Feinden könnt
ich mich auf Karln stützen. — Tritt auf einen Grashalm, alter
Mann! wirst fester stehen, als auf ein Rohr gelehnt, von
Weibern angeblasen, von Feinden angeweht.

      Gisella mit der Laute.

Bist du da, Liebe? Nun komm! spiel mir so, daß es be=
ruhigt, daß es einen alles vergessen machen könnte, das einen
vergessen machen könnte, wenn der Sohn dem Vater auf's Herz
tritt! Spiel so, Traute!

Gisella. O lieber, lieber Vater; könntest du's vergessen!
Guter Gott, gieb Ruhe seinem Herzen! (spielt)

[55] **Herzog.** (hört eine zeitlang zu) Liebe, deine Musik ist
gut, aber taugt nicht für dies Herz. — Deine Töne sind
zu fein, zu ordentlich, zu natürlich; klingen zu sanft. Sieh
zu, ob du keine aus diesem Instrument locken kannst, die rauh
wären, stürmisch, widernatürlich, die so widrig klängen, als 5
wenn man sagte, der Sohn will gegen den Vater gehn, ihn
zu morden! Hast du so keine?

Gisella (schweigt und weint.)

So hat er's dich nicht gelehrt; soll's noch, heute noch.
Oh wer lehrte den Karl gegen den Vater, gegen die Natur 10
Empörung? wer lehrte ihn das? Machte ihn sein Schöpfer
so? nein, er hätt's thun sollen! Aber er machte ihn zärt=
lich, wie dies Instrument, und sanft. Die Wildheit des
Tiegers ist in ihn gefahren. Lieber Karl, warst so sanft ge=
macht, und so überstimmt, so überstimmt, daß — — die 15
Welt ist aus ihren Schranken. Komm Gisella, kannst heute
nichts. So sanft; und jetzt so unsanft!

---

[56] ## Dritter Auftritt.
Wald.
Alte. Otto. 20

Otto. Lieber Horst! guter, treflicher Gaul, mußt ein
Eisen verlieren. Bestie! just heute ein Eisen verlieren, wo
du hurtig seyn sollst, wie der Pfeil; fliegen durch die Luft.
Kam's auf den besten Fang an, und ein Eisen verlieren! —
lahm mußt du seyn, wärst du nur kein guter Horst, der mich 25
zu den Saracenen trug; überall hin, einhaken konntest nach
Herzens Lust. Wie wollten wir ihn kriegt haben, den frommen
Jäger. Mit Rosenkränzen, Reliquien umhängt. Das Kreuz
auf'n Buckel und so ins Kloster nein pilgrimiren. Teuf=
lische Bestie! Eben jetzt ein Eisen verlieren, so gut ver= 30
rathen — mußt fort, lahm will ich dich reiten. Lieber Horst,
das einmal noch; sollst einen goldnen Huf haben! jag!
(will aufsitzen)

Alte. Ritter, der Sturm heulte. Der Blitz hat Menschen

und Vieh getödtet. Dort ein Hirt und ein junges Mädgen, todt vom Blitz. Siehst blutig aus, guter Mann; blutig, wirst bluten. Trau Menschen nicht honigsüß, behäng dich nicht mit Weibern! [57] Reit sachte, dein Gaul hinkt. Siehst
5 blutig aus!

Otto. (springt vom Pferde.) Hexe! Hexe! der Teufel hohl dich! Hast mir den Gaul gelähmt, den Horst behext Oh den besten Gaul im Reich. Kein Kaiser ritt so einen. Hast meinen Horst gelähmt.

10 **Alte.** Blutst, Mann, blutst. Die Sonne zieht Regen, wird bald Blut saugen. Schau auf; reit heim! kriegst den nicht, den du suchst. Trau Menschen nicht honigsüß, behäng dich nicht mit Weibern; — das arme Mädgen todt, und der Hirt! (ins Gebüsch ab.)

15 **Otto.** Blutst! Blutst! rast die Hexe? Blutst! Oh wär der Streich nicht mißlungen! Wär ich ihm nach, bis vors Schloß! Vielleicht Gisellen gesehen — Laß dich führen, Horst, sollst keinen Haber mehr aus meinen Händen haben, keine Schmeichlehen mehr auf deinen gebogenen Hals —
20 — — daß du die Krenk, du Bestie! — Blutst, blutst! sagte die alte Hexe. Komm Horst, teuflischer Gaul — hink, hink, hink, du Bestie!

---

[58] ## Vierter Auftritt.

Herzog. Adelbert. Konrad. Normann.

25 **Adelbert.** Edler Herzog, nie dacht ich, in solchen Angelegenheiten zu euch zu kommen. Ich wünschte sie besser. Doch ist der Tag herrlich für mich, für mich, sag ich, da ich Gelegenheit hab, euch zu zeigen, wer Adelbert ist, so lange von euch verkannt. Ich bin da mit allen meinen Leuten,
30 nehmt's an, wie ich's meyn, von Herzen!

Herzog. Ich dank euch, mit vollem Herzen der Freundschaft, für euer Wohlmeynen, Adelbert; bin euch verpflichtet und werd's erkennen, was ihr that an mir in traurigen Tagen.

Adelbert. Davon muß man nicht reden! Es ist heilig,

was mich auffordert, das zu thun, sprecht von keiner Ver=
pflichtung! Belohnt bin ich genug, wenn Herzog Friedrich,
den ich immer schätzte und ehrte, ferner keinem Haß gegen
Adelbert in seinem Busen Raum giebt. Unglück muß's
prüfen, wer's treu mit einem meynt!   5

[59] **Herzog.** Adelbert, ich trag Leid, euch verkannt zu haben.

Adelbert. Wohl mir, daß ihr's einseht!

Herzog. Das thu ich. Seyd ihr in Sturm gekommen?

Adelbert. Wir hielten in einem Dorf still. Der Sturm
war gräßlich.   10

Herzog. Morgen wird's mehr wüten, stärker bey Em=
pörung der Natur. Normann mit Tages Anbruch zu Karl,
ihm noch einmal Vaters Huld zu überbringen!

Normann. Euer Befehl, gnädiger Herr, ist vollzogen.

Herzog. Das hätt ich nie gedacht, Adelbert, daß wir 15
uns so sehen würden. Es geht wunderbar, wenn die Natur
sich einmal vergißt. Da werden Wölfe aus Lämmern, Ruch=
lose aus Guten; bey meiner Seel, zum Weinen wunderbar!

Adelbert. Herzog Friedrich, laßt uns das Beste hoffen
mit Gott, und säuberlich verfahren mit Karl!   20

Herzog. Ja, Adelbert, das muß man auch! Oh ich
hätt's nie geglaubt, Adelbert, [60] von euch, daß ihr so was
saget. Ihr seyd's nicht mehr. Kommt, lieber Bischof, ver=
ändert euren Namen! Ihr heißt Adelbert; den Namen
kann ich nicht dulden, ich denk immer meinen Feind darunter, 25
verändert ihn! Wie soll ich euch nennen? Ja so, heißt
Bonifacius. Bonifacius guter Ad — säuberlich mit Karl
verfahren! wie wohl gesprochen vom Bischof Bonifacius.
Ruft ihm so, edler Bonifacius!

Normann. Edler Bonifacius!   30

Konrad. Mögt ihr ewig so denken; Uneinigkeit ewig
verbannt seyn! Edler Bonifacius!

3*

Fünfter Auftritt.

Karl. Adelheide.

Karl. Sie sind da, Adelheide.

Adelheide. Weh mir! hätt ich den Tag nicht erlebt, an
welchem Blut fließen soll wegen meiner.

Karl. Du bist nicht die Ursache. Wisch diesen Ge=
danken weg!

Adelheide. Wenn du geschlagen würdest; dein treues
Weib fiele in ihre Hände. Heilige [61] Jungfrau, wie
würden sie mich's fühlen lassen!

Karl. Sey ruhig, Liebe! schone mich an diesem Tag!
sieh, du hast so viele Gewalt über mich, kannst mich so
weich machen, und, liebes Weib, Muth brauch ich. Laß ihn
dein Theil auch seyn! heitere dich auf, vergiß alles! Ich
schätz und lieb dich. Weg denn mit den traurigen Gedanken!
— lächle mir zu Gute! so — und stärk mich, da wollen
wir's ausführen.

Adelheide. Lieber Karl!

Karl. (küßt sie) Beste!

Adelheide. (ab.)

Karl. Engel vom Weibe! deine heiße Thränen flossen,
dein weiches Herz macht mich glücklich, und dich mehr leiden.
— Naß, naß; auf meinen Wangen von ihren Thränen! —
Ich will dich schützen. Oh wer ein solches Weib hat, dessen
Leben fließt leicht dahin, auch im Leiden. Und ists Leiden
weggehoben, denn ists immerwährender sanfter Morgentraum.
— Mag's gehen, wies will! mein Herz ist frey von Misse=
that. Daß ich für meinen Vater mein Leben mit Freude
gäbe, weiß der Him= [62] mel. Aber das thut mir weh in
der Seele, wenn ich sehen muß, daß sie ihn leiten und
lenken, so zu meinem Verderben seinen Haß gegen Wilhelms
Nachkommen nutzen. Lieber Vater! nur einen Blick in
dieses Herz; mich nur einmal im Verborgenen seufzen
hören, es würde genug seyn, deinen Karl zu unterscheiden.

Otto. Das sind Männer, brav und wacker! Karl sey

nicht tiefsinnig; bey Gott! es ist nicht nöthig. So Kerls
um dich, wie Blunt, Walldorf —

Karl. Ich wollt, sie wären nicht kommen! sie verderben
mirs noch mehr mit meinem Vater.

Otto. Das ist ärgerlich, Karl, wahrhaftig, so was zu sagen! 5
Wem Gott solche Leute giebt in Gefahr, der danke!

Karl. Wenns gegen Feinde geht.

Otto. Wohl unterschieden, Karl! Auch wenn Adelbert
dabey ist, und der Bruder Konrad, und alle die schönen
Freunde, wie böse Engel von Gott. Red nicht so! 10

Karl. Gut, wären nur die Leute bald zurück von der
Kundschaft!

---

[63]   **Sechster Auftritt.**
                        Wald.

            Hauptmann. Reutersknechte.   15

Hauptmann. Laßt uns hier absteigen; und so durch's
Gebüsche zu Fuß, daß die Kerls die Gäul nicht trappen
hören. Müssen sehn wie's steht. Hurtig von den Gäul.
Gebhard und du Rudolph bleibt bey den Gäul. (ab.)

Gebhard. Müssen wir schon wieder da sitzen, und Mücken 20
fangen, weil wir die jüngsten sind? Warte, warte! wollens
heute zeigen, Herr Hauptmann, gehts nur ans Gebieß. Will
ich der erste seyn, oder todt.

Rudolph. Hast keinen Brandwein? giengs so geschwind,
daß man nichts zu sich stecken konnte? O Junge, Brand= 25
wein macht Nerven, stärkt's Herz. Wollen heute nein hauen!

Gebhard. Ich muß ein Otto werden; der muß ich seyn.
Glaubst wohl, daß, seitdem ich um den Mann bin, ich immer
mächtig angespornt ward? Ich seh ihn überall, hab keine
Ruh, möcht nach der Türkey ganz allein, um Otto zu werden. 30
Und heut kommt's. O Rudolph! Otto oder todt! Denk,
was das vor ein Mann ist! Ich kann ihn Tage lang an=
gaf= [64] fen, schleich ihm überall nach, geh denn heim und
wein, daß's so lang dauret.

Rudolph. Sieh im Gebüsch — da — dort — sieh ein Haufen Volks beym Feuer! Ich muß zu ihnen. O lieber Gebhard, halt den Gaul, da giebts zu Fressen.

Gebhard. Wie die Sonne steigt, wächst mir's Herz.
5 Bald! bald! — will ich groß werden, wie Otto, oder das Knabenleben nicht weiter mehr haben! So seh ich den Mann, da steht er, so, so, — und das in den Augen — zersetzt, und alle Wunden vorn. Möcht ich doch so nein alleweile — und wie ihm das überm Auge steht — nein gehauen tief.
10 — Davon sagte mein Vater, er hab's gesehen, wie er drauf den Kerl durchgehauen, fortgewütet, bis ans Ende der Schlacht, ums Bluten unbekümmert. So muß ich seyn — es so machen — — Horch! kommen noch nicht. Hah recht! ich will meinen Arm stärken. Meinen Arm! pfuy, der muß es seyn!
15 (Haut Aeste ab) das gieng durch, flitsch, flatsch — und so — und so nein — wären sie da!

Rudolph (kommt.)

Rudolph. Bist du toll? was machst du? wart bis heute; wirst zu thun genug kriegen, [65] junger Eisenfresser, wenn
20 sie dir nit eins vors Bleß geben.

Gebhard. Mags! Bin ich nicht stark? sieh — den Ast! den!

Rudolph. Da hat's Volk ein Lamm gestohlen, gebraten, gaben mir einen Fetzen und Brandwein. Ist eine Alte da,
25 redt von Blut und langem Krieg.

Gebhard. Oh eine Prophetin Gottes!

Rudolph. Jetzt auf meinen Fuchs — ein stattliches Thier hatt ich da kriegt.

Gebhard. Aber meiner, wenn er steigt! den gab mir
30 Otto — mein Dank war freudiges Weinen, er küßte mich); da, sagt er, werd ein Mann, werd unter die wenige rechtschafne Kerls gezählt, die für Vaterland und Freunde heiß streiten. Hah das faßte ich auf, verschlangs, hörs immer.

Rudolph. Hörst? sie kommen. Wie stehts?

35 **Hauptmann.** Setzt euch auf die Gäul, ins T — — —

Namen! sind Schurken, stehn da wie die S — — und
reiben sich die Augen. Jagt zu, jagt zu, daß wir bald an
sie kommen.

[66] **Gebhard.** Jag ich dem Otto nach, bis ich den Mann
hab, der Mann bin.   5

Siebenter Auftritt.
Platz vor Sonneburg.
Ludwig.

Ludwig. Gisella! warmes, trefliches Mädgen; könnt ich
dich noch einmal sehen, dann sterben heute für deinen Bruder! 10
Erst deine Thränen wegwischen von den schwarzen, seelen-
vollen Augen, um uns und Karln geweint. Oh wie hatten
die rothblühende Wangen Thränen, wie Rosen Morgenthau,
da ich das letztemal sah, Liebe! Könnt ich sie wegwischen,
mit zitternder Hand, wie damals! Dich und deine Laute 15
in der Hand mit deinem himmlischen Gesang begleitet, wie
ich dich oft sah, noch einmal sehen; deine Töne Nächte durch
hörte, als wärst du vor mir, fühlte und genoß — nur noch
einmal! — — Otto, bist zu treflich, verdienst sie zu sehr,
sollst sie haben, und scheide mein Herz von ihr — scheide es, 20
scheiden? trennen? — sollst sie haben, bey meiner liebenden
Seele! und möchte nur mein Herz keine Wärme, kein Klopfen
mehr fühlen, daß ich Ruhe hätte! Otto, wärst [67] du nicht,
und ich hätte das Mädgen, an der meine Seele hängt, könnte,
dürfte es immer fühlen, was uns so groß macht, so über 25
uns selbst erhebt. — Otto, und kein andrer kann's so weit
bringen, weg von Gisella! — — — so werde gefochten.

Otto. Sind sie noch nicht da?

Ludwig. Ich sah noch nichts.

Otto. Sie müssen doch bald kommen! Ist mirs so 30
warm ums Herz, so ungeduldig. So gehts, wenn man so
lang nicht dran war, aus langer Weile jagt, aus Müßiggang
Bücher liest, die die Kerls in Müßiggang gemacht haben.
Ein unausstehliches Leben, da zu liegen wie Pfaffen, und nur

zu freſſen! Seitdem ich den Biſchof jagen half, war nichts
in und außer der Chriſtenheit. Damals wars aber auch,
in meinem Leben vergeß ich's nicht. Der Biſchof mit etlichen
ritt immer auf mich und Karl, als ſuchte er in unſerm
5 Leben den Sieg. Da ſchickten wir ihn heim, auf Oſtern Meſſe
zu halten, ſeitdem ſitzt er ſtille und ſchneidt Gold. Da kommt
das in Wurf, und für Karl. Biſt ſo trüb Ludwig! Ein
Bräutigamstag und trüb.

[68] **Ludwig.** Ich werds nicht ſeyn, kommts dran, Otto.
10 Es ſoll einen ſchönen Tag geben. Wie wird Giſella weinen?

Otto. Sie wirds auch. Wollens aber ſchon machen, daß
ſie uns anlächeln ſoll am Ende.

Reuterskneht. Ich hör ſie jagen.

Otto. Gut, es ſind brave Kerls. Lauft nach dem Fürſt!

15   Hauptmann. Gebhard (hinten drein.)
ſieh den jungen Gebhard, Ludwig; wie er ſchwebt, wahr=
haftig es iſt und lebt im Jungen.

Hauptmann. Das war gejagt. Wir haben ſie geſehen.
Da kommt der Fürſt.

20 **Karl.** Hauptmann, wie iſt's?

Hauptmann. Scheinen ſtärker, wie wir. Aber, was
thuts? Was iſt der Schatten gegen den Mann? Blinzen
ſie in die Sonne, daß mirs ekelte. War das Feuer nicht,
das unſre Leute weckte, eh die Sonne kam. Wir guckten
25 durch's Geſträuch, ich glaub, ſie erzählten einander ihre
Träume. Doch ſind Kerls drunter, die hoch gehen; das iſt
noch Freude; ſonſt wärs Haaſenjagd! Auch Adelbert dabey.

Blunt. Sagt ich's nicht! Nun ſeht, Fürſt!

[69] **Otto.** Teufel, auch der! Wart, wir wollen dich kriegen!

30 **Karl.** O Vater, armer Vater; biſt in gute Hände ge=
fallen, deinen Feind gegen deinen Sohn zu brauchen. Läßt
dich einſchläfern und willſt verderben mit uns. Kam er
erſt zu mir, mich anzuhetzen, giengs ihm nicht, und ſo kommt
er zu ſeinem Zweck. O mein Vater, die Feinde deines

Hauſes, die du klein machteſt, erhebſt du nun auf deinen
Trümmern. Kann ichs kaum ertragen. Saht ihr ihn?
kannt ihr ihn?

Hauptmann. Ich ſah ihn mit dem Grafen, der einmal
geächt ward, mit eurem fürſtlichen Bruder, ſie ſchienen ſehr 5
geneigt gegen einander. Der Biſchof drückte eurem Bruder
verſchiedenemal die Hände, und ſchmeichelte ihm ſo ſüß, wie
man einem Weib ſchmeichelt. Ich wollte drunter ſchießen;
doch dacht ich, ſchmeichle nur, wir wollen dich ſchon heim
ſchmeicheln. 10

Karl. O ſo brich, Herz! ich möcht ihm Luft machen.

Otto. Gieb dich, Lieber!

Karl. O abſcheuliche Menſchen! ich will euch züchtigen.
— Freunde, mein Vater iſt [70] in Noth, ſein Alter macht
ihn fehlen, helft ihn erretten! 15

Otto. Das ſoll ſeyn, guter Karl, zweifle nur nicht:
ſoll alles ſeyn, mach nur!

Karl. Hätt ich den Tag nie erlebt! ſo ſeys! Du biſt
unſchuldig, meine Seele! zeigt euch, Helden, die ihr Vater=
land erretten wollen. Und ihr Männer, meine Freunde; 20
thut's, warum ihr kommen ſeyd. — Schlich ſich der Fuchs ein!

Otto. Wollen ihn waſchen.

Karl. Otto, Mann, auf den ich Welten baue, der du
mir alles biſt, hör, du mußt hier bleiben!

Otto. Ich? 25

Karl. Wem kann ich anders das Schloß vertrauen? wem
Adelheide? Sieh, du bewahreſt deines Karls Herz. Behalte
Mannſchaft und bleib! Könnte es doch ſeyn, daß ſie im
Tumult das Schloß überfielen, ſey ihr Widerſtand, Lieber!
da fürcht ich nichts. (ab.) 30

Otto. Ob den Adelbert, den Adelbert, den ſoll ich nicht.
(ab, alle ab, außer Gebhard und Ludwig. Gebhard hält Ludwig.)

[71] **Gebhard.** O Graf, lieber Graf, wenn ihrs thätet. Da
hab ich — wir was vor, ſind unſrer viel, und möchten wir
uns wegſchleichen, uns mit ihnen meſſen; nicht eher weg= 35

gehn, bis sie weg sind, so weg sind, (bläßt über die Hand)
oder wir. Und da giengt ihr mit, Graf! führtet uns an,
da müste Karl nichts von.

Ludwig. Braver Junge, wirst gut werden; vortreflich;
es blitzt dir aus den Augen, das lieb ich, sey so! Aber
warte, du sollst dran kommen, und da thu's, werd groß
durch Leichen, sey auf meiner Seite heute! (ab)

Gebhard. Das will ich, hätt's aber nicht geglaubt —
— Otto, wie er da steht, so stattlich, so groß; wenn ich's
nur geben könnte, wie ich's jetzt fühl, daß mirs Herz schwillt.
Blitzt's vom Auge, sagst du so? Oh hier, hier flammt's —
das läßt sich nur fühlen, nicht einmal denken — — —
Geist! Geist! steige, übersteige, halt mich aufrecht, Otto!
Laß mich dir gleich werden: nur nicht sinken, edel todt, nur
nicht sinken! — — — Wie mich das ärgert; auf Einen
Streich ausrichten, und abgewiesen — abgewiesen? werds
doch versuchen, so so leite mich! Mein Muth [72] wird stark,
wüthe Blut! Trometenschall im Herzen! Es muß was
versucht werden! (ab)

Achter Auftritt.
Saal.
Otto. Normann.

Otto. Daß ich hier bleiben soll, das will mir nun gar
nicht in Kopf; neckt mich immer mehr am Herzen! Nun
bey meiner Seel, wenn man so lange auf was wartet, unds
denn kommt, denn nichts. — Doch Karl wills; für den
läßt sich leicht was thun. Das leicht? leicht oder nicht!
— Wer das? — Graf Normann, ihr!

Normann. Tapferer Otto, ich such' euch.

Otto. So Graf; Glück für euch, oder mich? Wo kommt
ihr her, eben jetzt? Geschäfte des Hofmanns? mandirt und
kommandirt? allzeit rüstige Leute, in Geschwindigkeit Be-
fehle auszurichten, und Leute zu verwickeln!

Normann. Ich komm vom Herzog. Ist der Prinz noch

nicht da? Sie sagten, er sey bey seinen Leuten, schickten mich hieher, ihr wäret hier.

[73] **Otto.** Gut; ist nach ihm geschickt?

Normann. Ja. Wie stehts um euch, Otto?

Otto. Fragendes Geschmeiß! Wie um einen Soldaten, der Muth hat, und von Herzen gern dem ersten besten Schurken, der ihm in Wurf kommt, den Hals bricht. So stehts um mich. Wie stehts um euch? Sitzt ihr Haken= fest in der Gunst des Herzogs und Konrads? Ich glaub, ihr habt viel zu thun jetzt, den Leuten dort das Ding so Recht ans Herz zu legen; bereit zu zeigen, daß sie Recht thun daran, gegen uns alles zu unternehmen! Kennt ihr den Bischof Adelbert, geschwinder Hofmann?

Normann. Ich hab hier einen Brief an Ludwig.

Otto. Eine schickliche Antwort!

Normann. Gisella gab mir ihn.

Otto. Was? Gisella?

Normann. Ich weiß nicht, was sie mit einander haben. Doch läßt sich's leicht errathen.

Otto. Normann!

Normann. Seit ihrer letzten Zusammenkunft hat Gisella keine gute Stunde mehr. So [74] machts die Liebe. Da kam — drauf ein Brief von Ludwig, und hier schon wieder die Antwort.

Otto. Normann!

Normann. Ich hätt's in meinem Leben nicht geglaubt, daß Gisella geheime Zusammenkünfte verstattete. Aber der Ludwig mit seiner süßen Miene — oh ich kann die Kerls nicht ausstehen mit ihren Mädgensgesichtern!

Otto. Normann, sey auf deiner Hut! Du hast mir da was gesagt, das mich in ein rasendes Thier verwandeln könnte. Sind sie beysammen gewesen, Ludwig und Giselle? sind sie insgeheim beysammen gewesen? aus Liebe? Normann in diesen Worten liegt — Geduld! Geduld! antworte!

Normann. Lieber Otto, es ist kein Geheimniß mehr an
unserm Hof, seitdem man sie beysammen sah. Es werden
wunderliche Dinge drüber gesprochen.

Otto. Das wurmt mir am Herzen! Sie liebten sich?

5 **Normann.** Wer weiß das nicht? Der Herzog und jeder-
mann. Sie ist einem Manne bestimmt —

[75] **Otto.** Sie liebten sich? Gisella den Ludwig? den Ludwig, Normann? Normann sag ein beßres Wort, ich bitte dich,
sag, sie thun's nicht!

10 **Normann.** Es ist so.

Otto. Nein, nein!

Normann. Nun, was kümmerts mich! Wär nur Ludwig da, daß ich ihm den Brief gäbe, ehe Karl käme. Doch,
der weiß davon.

15 **Otto.** Komm, sags noch einmal, und noch einmal, schrey
daß es wiederhalle, sie lieben sich. — Was kümmerts dich?
oh wärst du verdammt, daß du's sagtest! Geh mir aus den
Augen, oder dein Botenlohn möchte blutig ausfallen. — —
Normann, sie lieben sich? sahst du's? hörtest du's?

20 **Normann.** Otto, alles sah und hörte ich, wie sie's
ausmachten untereinander, über einen Mann lachten, von
welchem bekannt ist, daß er Gisellen liebt und sie verdient.
— — Otto, heute in der Schlacht ist Gisella die Belohnung —

Otto. Hah, was geht mir auf!

25 **Normann.** Zieht ihr nicht mit?

[76] **Otto.** Nein!

Normann. So? sein eingesädelt. Freylich, er muß den
Anspruch dadurch allein haben, und euch werden alle Forder-
ungen auf Belohnung abgeschnitten, wie sie das ausgedacht
30 haben! — Euer Blut floß oft für Karln.

Otto. Normann!

Normann. Was schierts denn mich, obschon Konrad und
der Herzog andre Absichten haben. Es ist ein Mann, wenn
der wollte Freund seyn —

Otto. Normann, das Ding macht mich wahnwitzig.

Normann. Lieber Otto, die Menschen machens nicht an=
ders. Ihr habt viel an Karln gethan: nehmt die Belohnung
hin! Er macht euch zum Wächter des Schlosses und Weibes,
setzt euch hin als einen verbrauchten Soldaten!   5

Otto. Trau Freunden nicht honigsüß, behäng dich nicht
mit Weibern! — Alte Here, das sagt dir der Teufel —
verzeih, ich that dir Unrecht, du bist eine Prophetin.

Normann. Je mehr ihr ihnen gutes thut, je ärger sie's
euch machen. Es ist ein verfluchtes Ding um den Menschen; 10
mir giengs [77] auch so, mich haben sie's fühlen lassen, noch
ärger als euch.

Otto. Nun seh ich durch.

          Ludwig (tritt auf.)
Ludwig. Lieber Otto!   15

Otto. Lieber Ludwig!

Ludwig. Was fehlt euch?

Otto. Du solltest deine Seele ausspeyen, du —

Normann. Willkommen Graf, ist der Fürst nicht zurück?

Ludwig. Er kommt.   20

Normann. Hier, geliebter Ludwig, ein Brief, der eure
Brust heben wird. Gisella kann nicht ruhen; ihr habt der
Fürstin Herz und Ruh gestohlen.

Ludwig. Was soll das?

Normann. Nicht so fremde! Es war ein schöner Abend, 25
Graf, damals als ihr und Gisella in der Laube zusammen
kamt. Und freuen wirds euch, wenn ich euch sag, daß dies
der einzige Ort ist, wo sie sich aufhält, [78] wo sie Stunden
lang weint, sich nach euch umsieht —

Otto. Trau Freunden nicht honigsüß, behäng dich nicht 30
mit Weibern! Oh Worte Gottes — — das wütet in
mir! (ab)

Ludwig. Wer gab euch den Brief?

Normann. Gisella.

Karl (tritt auf.)

Ludwig. O Böswicht! (ab)

Karl. Graf, was bringt ihr? ist eure Botschaft gut,
so eilt!

5 **Normann.** Wär sie's, hättens meine Augen gesagt.

Karl. Sprecht.

Normann. Der Herzog euer gnädiger Vater schickt mich,
euch die letzte gütige Vorschläge zu thun. Fürst! ihr sollt
Adelheide abschwören; die Waffen niederlegen; zu eurem
10 Vater ohne Gefolg kommen und Abbitte eures Vergehns
thun, euch denn seinem fernern Gericht unterwerfen.

Karl. Gütiger Gott!

Normann. Was soll ich antworten?

[79] **Karl.** Das kann ich nicht. Alles andre, aber Adel=
15 heiden lassen — niemals.

Normann. Euer Vater ist da mit seiner ganzen Macht.

Karl. O Schändliche, die ihr das alles thatet, ohne
daß euch das Gewissen zuruft, ihr begehet Vatermord.

Normann. Prinz, ihr kennt euren Vater.

20 **Karl.** Hah, ich kenne euch! Laßt euch in die Augen
schauen, scharf in die Augen sehn — so, so, recht, ihr seyd
Normann. Normann seyd ihr.

Normann. Prinz, welche Begegnung!

Karl. Sag, wie kam der Bischof zu meinem Vater?

25 **Normann.** Fragt euren Vater!

Karl. Mich und ihn zu Grunde zu richten.

Normann. Das liegt an meinem Prinzen und seinem
Muth. Entschließt euch!

Karl. Normann, ich möchte dein Herz nicht haben, und
30 legtest du die Welt zu meinen Füßen. Und du fühlst kein
ängstliches Klopfen, kein Zurufen, daß du ein Mörder bist?
Das alles sagt dir dein Herz nicht? Nor= [80] mann, rächt
dich Gott nach der Strenge, bist du der verdammteste unter
den Sündern.

Normann. Prinz, wer schickte mich?

Karl. Wär dieses nicht, du solltest nicht von der Stelle kommen. Geh hin, Normann, nur bitt ich dich, schone meines Vaters! Laß deine Bosheit nicht so weit gehen! Thu's und sey ein Engel unter Bösewichtern.

Normann. Was soll ich eurem Vater sagen?

Karl. Normann, dir und uns wäre besser, hättest du den Stahl im Herzen, und bekenntest deine Sünde.

Normann. Hier bin ich, wenn ihr's wagen wollt.

Karl. Geh; sag meinem Vater, nein, nicht meinem Vater, das merk dir wohl! Sag dem Heuchler Konrad, dem Bischof Adelbert, beyde deine Freunde, sie möchten sich fertig halten! Den Bischof dächten wir eine weite Reise zu schicken, und unserm Bruder was anders zu lehren. Veränderst du ein Wort, so halt dich fertig, wenn wir uns wieder sehn!

(Normann ab)

[S1] **Karl.** Oh, daß ich sie sehen muß, mit Augen, die meinen Untergang suchen, daß ich sie sehen muß! Gütiger Gott! so ists nun, so ists. Gegen meinen huldreichen Vater gehn — bewahre meine Hand im Streit für Mord des Vaters und Bruders! Mache alles klar! ich gehe, ich kann nicht anders. (ab)

Neunter Auftritt.
vorm Schloß.

Otto.

Otto. Das treibt mich um, wie die Verzweiflung. Brüll, brüll, brüll, Otto! — hah daß sie sterben für'm Geschrey — alles, alles wahr! Der Milchjunge meiner spotten! lachen — und betrogen — — ha, ha, ha, was die Menschen für Teufel sind, im Habit eines Heiligen! Pfuy, pfuy fürm Menschen! — — das macht mich toll, vor meinen Augen —

Gebhard. Reutersknechte.

Gebhard. Hah! laßt mich, mein Schwerd! unsre Schwerdter!

wir wollen ja die Feinde angreifen. Laßt uns, laßt uns,
oh laßt uns; wir kommen ja wieder oder todt. Mein [82]
Schwert, mein schönes großes Schwert gieb mir Rudolph.
Wo wollt ihr hin mit uns?

5 **Rudolph.** Graf Otto; denkt!

Otto. Ich kann nicht.

Reuter. Graf Otto, hört mich! die wollten durch, heim=
lich durch den Wald zum Herzog.

Alle. Nein, nein!

10 **Gebhard.** Das wollten wir nicht. Gebt uns unsre
Schwerdter! Otto, hier knie ich vor euch; großer Otto,
nehmt euch des armen Gebhards an. Ich wollte an sie,
und sie fiengen mich auf.

Reuter. Sie wollten durch, der Fürst mag richten.

15 **Gebhard.** Hört mich, Otto, großer Otto, hört mich! Mir
schwindelt, wenn ich euch anseh. — Heut sagte ich zu Ludwig,
wir wollten ausziehen heimlich, und Vorlese machen, er schlug
mirs ab. Und da wollten wirs doch thun.

Karl. Wo sind sie?

20 **Gebhard.** Sie haben uns unsre Schwerdter genommen,
weil wir streiten wollten mit [83] euren Feinden. O laßt
uns die Schwerdter geben! wir wollen ja warten.

Reuter. Sie wollten durch.

Gebhard. Nein Fürst, eher wollten wir alle sterben,
25 nicht vorm Feind sterben. Wir wollten nur sehen, wo
sie wären.

Karl. Ich verzeih euch diesmal. Kommt, eilt! Otto,
lebe wohl. Schütze Adelheide und tröste sie! Sollt ich un=
glücklich seyn, so flieht nach Burgund! Leb wohl, edler Otto!
30 Du sollst deine Freude sehn, kommen wir wieder.

(alle ab)

Otto. Otto, wie stehst du da? wie stehst du da! Schloß=
wächter! Schloßwächter! Trommeten) Hah blaßt, blaßt und

krepirt! wieder — wieder —noch einmal — oh blaßt mich um den Verstand! Der Schall, der mich dahin riß, mein Blut belebte — — oh, oh, oh!

Zehnter Auftritt.
Saal.
Otto. Reuter.

Reuter. Es ist herrlich anzusehen, sieh, sieh dahinaus — oh wär ich dabey!

[84] 2. **Reuter.** Und ich! Wir wollen auf'n Thurm, kann man's besser sehen. (ab)

Otto. — — — Leg dich schlafen — — oh dieses tiefe, tiefe Leiden! — mein ehrliches Herz so betrogen.

Reuter. Welcher Aufzug, das Herz schlägt mir für Freuden. Wie das gieng, so was zu sehen, schon sind sie den dicken Wald vorbey, ziehen die Ebene hinunter. Man siehts vom Thurm, wie sie losstürzen wollen. Werden Arbeit machen, und ich hier!

Otto. Geh schlafen! Werds auch thun.

(Reuter ab)

Otto. Schlafen! hah! — an einander, sie fechten, und ich? (sieht sich an) was ist das? dies ein Schwerd, das ich hier an meiner Seite hab? ein Schwerd, zu was? zu was? Du hast ein Schwerd, und weißt nicht zu was. (er ziehts, setzts auf die Brust.) Durch! durch! — nein, nicht, unmännlich, schimpflich, ohne Rache! (stecks ein, wirfts weit weg) Ich sehs noch, darf nicht. (holts wieder) Komm! so, ja so, einwickeln, einwickeln will ich dich. (reißt den Mantel aus, und wickelts ein) o du gutes Schwerd! so viele schicktest du zu den Schatten, und nun — verbirg dich, hinein; ver= [85] birg dich, sag ich, hurtig, daß ich dich nicht sehe! (läßt's verschiedenmale fallen) wie? du widerstrebst! halsstarrig? — widerstrebe nicht, gutes tapferes Schwerd! geh geduldig; ich muß mich auch gedulden. Hinein, hinein! mein nasses Auge soll dich nie wieder sehen. Was?

hah! hier eine Thräne, und hier eine, und hier eine? Weib! Weib! auf das Schwerd! Nimms nicht übel, liebes gutes Schwerd, sollst Blut haben! Komm mein Schwerd — nicht Schwerd, nicht, nicht. Leiche von einem Schwerd; frißt 5 kein Blut mehr. Komm, du treuer Gefährte meiner edlen Thaten! itzt kennt dich niemand mehr, wie den armen wahn= witzigen Otto. Armes Schwerd! armer Otto! Ha! ha! ha!

Eilfter Auftritt.
Lager.
10 Herzog. Reuter.

Herzog. Könnt ich's vergessen, könnt ich's.

Reuter. Er greift uns an, gnädiger Herr! sind da mit Macht.

Herzog. Vaterherz, armes Vaterherz; losreißen, mit Ge= 15 walt losreißen muß ich dich! Laut schreyen: dein Sohn, Vater! dein Sohn [86] sucht dich zu tödten. Dein Sohn! — Feind! Feind! Feind! nicht mehr Sohn, tilg ihn aus! Nähere dich, Feind; hier steht der alte Mann, erwartet den Tod von deinen Händen. Deine Hand bebt zurück — stoß 20 zu! zu! durch's Vaterherz — schrey Sieg, Sieg, Sieg über den Vater! oh, das ist schändlich, über den Vater! Aber nein, bey Gott dem Allmächtigen im Himmel, nein — Vaterherz, weg, weg, weg. (ab)

Zwölfter Auftritt.
Adelheide. Otto.

25

Adelheide. Verzeiht mir, wenn ihr mich traurig seht, es kann nicht anders seyn.

Otto. Nein, nein; weint nur immer! weint nicht — nein! Sie ließen mich da, euch zu trösten; ich wills, ich 30 wills, ich will euch trösten, aber ein Soldat kann das nicht gut. Sagt mir einmal, wie sieht ein Mann aus, den seine Freunde hintergehen, schändlich betrügen?

Adelheide. Lieber Graf, was ist euch?

Otto. Nichts, nichts, ihr habts noch nicht gesehen, ich merks schon. Ihr wißt's [87] also nicht, gutes Weib? ihr seyd ein gutes Weib. Was halt't ihr von einer Weissagung, die so lautet: trau Freunden nicht honigsüß, behäng dich nicht mit Weibern! Was halt't ihr davon? Sie wurde einem verachteten Schloßwächter gemacht, einem hintergangenen treuherzigen Mann.

Adelheide. Otto! was ist euch? ihr ängstet mich.

Otto. Das will ich nicht, nein. Es giebt keinen Teufel, Adelheide, das wäre Ueberfluß. Seht nur, wie sie einander quälen und martern. Sich ein Haufen vereinigt, einen guten Kerl in die Mitte nehmen, und so lange an ihm petzen und ihn drängen, bis sie mit ihm fertig sind.

Reuter. Otto, Otto, das war was! wie er purzelte, ein prächtiger Ritter; ich sah ihn genau, bunt, wie ein Specht; gepuzt wie ein Pfau, voll Pracht der ganze Mann. Er ritt einen Schimmel, wie drunten der im Waffensaal, wo der gepanzerte Heilige drauf sitzt. Einer unserer Leute sprengte auf ihn, ich glaub, es war Ludwig, der empfieng ihn. Er hieb nach ihm; husch, war er weg! Ich konnte ihn nicht mehr sehen; der Schimmel lauft le= [88] dig, und Ludwig war gleich über einen andern her. Kann nicht warten. Verzweifelt, wenn ich nur dabey wäre! (ab)

Otto. Wärst du verdammt! (ab)

Dreyzehnter Auftritt.

Schlacht und Tumult.

Bischof (verkleidet).

Bischof. Prinz, tapfer! oder wir sind alle verlohren.

Reutersknechte. Schmeißen uns alle todt. Wären wir daheim!

Gebhard. Ha, da wirds. Kommt. (haut nein)

Blunt. (hinter Konrad) Sollst mir nicht entgehn.

4*

Gebhard. Wisch, nimms! Stärk mich Otto. Hah durch! eins, zwey, drey! schlaft den ewigen Schlaf!

Bischofs Leute.

1 Reuter. Gieb ihm eins!

5 **Gebhard.** Er schweißt nur, du Hund, sollst mirs be= zahlen! Krabelst bey der Erde?

(Herzog und Walldorf fechten. Walldorf fällt.)

[89] **Herzog.** So, nieder mit dir! Wer bist du? Walldorf? Nun Walldorf fahr wohl, fahren Verräther wohl. Ich 10 macht dich groß und klein.

Ludwig (tritt auf.)

Wer bist du?

Ludwig. Fragt nicht! (will ziehen, erkennt ihn) Dazu hab ich keinen Befehl von Karl, edler Herzog.

15 **Adelbert.** Gnädiger Herr, geht alles verlohren. (ab)

Vierzehender Auftritt.

Otto. (vorm Schloß.)

Otto. Brich, festes, unüberwindliches Herz — — hier wirf dich hin, Wurm mit der Riesenseele und krepir! (wirft 20 sich an einem Baum hin) keinen Menschen beleidigt — — Menschen, Menschen! Morden will ich den, der sagt, der Teufel sey in der Hölle; morden, wers glaubt. Da kommt einer.

Reutersknecht. Seyd ihr Otto?

25 **Otto.** Spottst du meiner? ich wars.

Reutersknecht. Hab Gruß und Brief von Prinz Konrad, und Normann.

[90] **Otto.** Laß sehen! (liest) Will ers! will er's! so wollten sie's machen? Das wars, das! Nun, so hohl der Teufel 30 sie und alle — Hah, ich kann's länger nicht aushalten. Hätt ich den mächtigen Donner, ich wollt dich zusammen wettern, verdammte Welt, und dich, Ottergezücht von Menschengeschlecht, dich wollte ich wettern.

Funfzehender Auftritt.
Reuter.

1. Reuter. Schenkt Sieg, ihr Heiligen! Ein heißer Tag, mir ist's so warm uns Herz, als wär ich im dickſten Gedränge, wenn Karl geſchlagen würde! —   5

2. Reuter. Ohnmöglich.

1. Reuter. Aber habt ihr nichts an Otto bemerkt? ich wag's kaum, zu ſagen. Vielleicht auch, daß's verbißne Wuth iſt, weil er nicht dabei iſt!

3. Reuter (kommt.)   10

3. Reuter. Otto iſt fort in Eil. Kam ein Junge; er gleich auf'n Gaul, und fort.

2. Reuter. Was ſollen wir machen?

[91] **1. Reuter.** Unſer Leben nichts achten, und's Schloß bewahren.   15

2. Reuter. Laßt die Fürſtin nichts hören!

—

Sechzehender Auftritt.
Otto (auf einer Anhöhe).

Otto. Das geht, ſoll ich hin? ja, ja! Karl, wirſt du geſchlagen, iſt's aus mit dir. Verräther, wie er ſteigt! —   20 — Ludwig! fall, fall, daß Gott gäb, könnt ich dich erreichen! Oh er ſtürzt, nein, der andre. S — — kerls, daß euch das Wetter erſchlüge, könnt ihr ihn nicht herunterreißen (knirſcht mit den Zähnen). Was? was? ſie fliehen — — Karl Sieg! o Schurken, Schurken — Hah, ſie leben für meine 25 Rache. Fort, nach Konrad! Flucht! der Otto auch. Jag Horſt

—

Siebzehender Auftritt.
Biſchofs und Herzogs Leute.

Laßt uns hier verſtecken, kommt keiner davon, den ſie kriegen.

Gebhard. Blunt. Ludwig. Viele.   30

[92] Wonne, Wonnetag. Blunt, Mäuſe in den Löchern! wollen ſie hetzen, gehn ſie nicht heraus. (haut ins Gebüſche)

(Schreyen **inwendig.**) Gnade! Gnade! wir wollen keine
Hand anlegen zur Wehr.

Gebhard. O so hohl euch der Teufel, Weibsvolk!

Karl. (mit Volks) Laßt ab, verletzt keinen mehr! Mehr
5 wollt ich nicht.

(Schreyen **alle**) Sieg! Sieg!

Dritter Aufzug.

Erster Auftritt.
Villa bey Rom.

10 **Wieburg. Hungen. Marie. Konrad. Hans. Franz.
Andre Kinder.**

Franz. Lieber Vater, laßt mich! Ich werd nun immer
älter und größer, und was soll das Leben hier? Laßt mich
nach Deutschland mit den jungen Edelleuten; ich habs ihnen
15 zugesagt auf euer Wort. Es giebt von neuem Krieg, [93]
und Adelbert ist drinnen verwickelt; das läßt mich nun Tag
und Nacht nicht ruhn. Laßt mich also mit Ehren ein Mann
werden!

Hans. Und mich, lieber Vater! kann ich Haasen schießen,
20 kann ich auch den Adelbert —

Wieburg. Hungen, gilt mein Wort etwas bey euch, und
hat Kraft, so laßt den Burschen gehen, jetzt, da's in ihm kocht!
Hier könnt ihr doch nichts aus ihm machen, als einen Pfaffen,
Pagen oder so was; da frißt er denn unverdientes Brod,
25 und seine Kraft schläft mit ihm; und Schade fürs kleinste
Flämmchen, das der Welt geraubt wird!

Hans. Hab ich auch so was, Wieburg?

Hungen. Ich versprach's, und hatts schon lang beschlossen,
ihn zu Karln zu schicken, den der böse Adelbert bey seinem
30 Vater gern klein möchte machen. Marie war nicht dazu zu
bringen.

Hans. (darzwischen) Auf mich sieht kein Mensch! Vater

sagt mir das: wie hieß der, er weinte immer, wenn sein
Vater einen Sieg erfochten?

Jungen. Alexander Magnus.

Hans. Was heißt Magnus!

[94] **Konrad.** Du weißt doch gar nichts — Der Große! 5

Hans. Der Große! das wirfst du so hin, der Große,
als sagst du: das alte Weib — hättst du Seel und Herz
dafür — der Große! das laut mir so wunderbar, ist mir
so wunderbar dabey — Alexander der Große! — mich
heißen die Jungen Hans der Starke, ist doch auch was! 10

Franz. (darzwischen) Liebe Mutter, laßt euch erbitten, mich
von euch zu lassen! Ich komm wieder, so bald ich gezeigt
hab, daß ich ein Sohn des Jungen bin, und seiner würdig.
Ich schäm mich schon jetzt, daß ich noch nichts gethan hab.
In meinen Jahren stund mein Vater schon für Vaterland 15
und Freunde. Ihr kennt den redlichen Fürst Karl. Adel=
bert möchte ihn zu Grunde richten; sollte mich das ruhen
lassen? Wenn ich nur einen seiner Feinde erlegt hab, will
ich wieder kommen.

Hans. (darzwischen) Der Große! Nit wahr, Konrad, er 20
war größer an Thaten als Körper?

Konrad. Freylich! sie sagen, es sey ein kleines Männ=
chen gewesen — nicht ganz klein: vielleicht so wie unser Vater.

[95] **Hans.** Das war brav von dir, Alexander! du bist mein
Mann! Schreib mir den Namen mit recht großen Buch= 25
staben; da will ich ihn an mein Bett hängen, des Abends
ansehen, und davon träumen des Nachts. Aber wo weißt
denn du alles das her?

Konrad. Aus den Geschichtschreibern.

Hans. Was sind denn das?   30

Konrad. Das sind Leute — ja es sind Leute, die schreiben
auf, was die Leute thun in ihrem Leben, aber nur, was
große Leute thun, so wie dein Alexander Magnus.

'**Hans.** Die müssen wohl wenig zu thun haben und thun

wollen, wenn sie aufschreiben, was andre thun. So keiner
mögt ich eben nit seyn. Du kannst einmal aufschreiben was
ich thu, siehst just aus, wie ein Geschichtmann.

Konrad. Schweig du! Komm, ich will dir das Bild
zeigen vom Alexander.

Hans. Das Bild? sein Bild? ihn selbst? (ab beyde'

Marie. (darzwischen) Franz, sieh, du überlegst das alles
nicht. Dein Vater war auch so, und immer noch, da er
schon mein Mann [96] war. Für alle zog er aus, und
freudig. Was hat er nun davon, als Leiden und Schmerzen?
Du weißt, was er für den Bischof that.

Franz. Dafür will ich ihn vorfordern, o laßt mich heute
noch mit den jungen Edelleuten! gebt mir euren Segen; und
ich geh!

Jungen. Marie, laß ihn! Es ist seine Bestimmung,
und dafür brachten wir ihn zur Welt. Wir sitzen nun ruhig
hier. Unsers verstorbenen Bruders Güter reichen vollkommen
zu unserm Unterhalt, und drüber. Er mag gehen; gefällts
ihm nicht mehr, zurückkommen, und hier mit uns leben.

Franz. Mutter, laßt euren ältsten Sohn dem Hause
kein Schimpf werden!

Wisburg. Nun, Marie, was wollt ihr anders mit ihm
machen? Er ward fürs Vaterland gebohren, wie wir alle.
Daß man uns verstieß, mag er rächen, wenn's ihm gegeben
ist, und ich hoffs. Auch verstießen sie uns nicht alle.
Wären wir alle bey Karl, er würde uns lieben und schützen.
Er war immer die Redlichkeit selbst.

Marie. So seys! ihr wollt nicht anders. Franz, mir
deucht immer, wir sehen uns nicht [97] wieder. Ob daß ihr
nicht zu überreden seyd! so geh, Gott sey mit dir, es ist
nicht anders.

Jungen. Weine nicht, Marie! Du siehst ihn als Mann
wieder. Segne dich Gott, mein Sohn! Lebe edel und ge=
recht; wandle auf des Herrn Wegen, er wird dich nicht
verlassen. Du sahst deinen Vater in tiefem Leiden, mein

Sohn; aber ich hofte und harrte seiner Hülfe, er kam und
errettete mich mächtiglich. Laß ihn deine Stütze seyn; sieh
auf ihn, wenn die Menschen dich necken, denen du nicht
ausweichen kannst! Denk immer, du seyst hier zu leiden;
leide denn, und so, als hätt's dich nicht betroffen; darin 5
liegt das Unterscheidende vom Schwachen! Sey stark, und
schone des Schwachen. Sey ein reißender Strom gegen
die Feinde des Vaterlands; aber sey gleich dem lieblichen
West denen, die deine Hülfe suchen! Liebe Gott! er segne
dich, Amen! versiegelt mit diesem Kuß!   10

Franz. Ich bin reich, Vater: reicher, als einer auf Erden.
Gott laß mich so leben, und werden; oder reiß mich gleich
hin, noch ehe ich diese Grenze verlasse! Mutter, liebe
Mutter, euren Segen!

[98] **Marie.** Gott segne dich! (küßt ihn und weint) ich kann 15
nicht reden; du nimmst mein Herz mit. Denk deiner Aeltern,
und kehre bald zurück!

Wieburg. Laß dir noch was von einem alten Manne
sagen, dessen Haare weiß worden sind! Ich sah Menschen,
und ihr Wesen. Sah sie mannigfaltig, Gute und Böse. 20
Geh mit Menschen um; sie gewinnen immer durch den
Umgang mit einzelnen guten. Trage Theilnehmung, wohin
du trittst, und pflanze Freude, wo du warst; denn hinter-
läßt du herrliche Spuren. Vornemlich, junger Mensch,
hüte dich für Bitterkeit und Widerwärtigkeit des Gemüths; 25
denn du schadest dir und andern. Dieser Vorwurf würde
mich in meiner letzten Stunde brennen, hätte ich mich sein
schuldig gemacht. Sey ein rechtschafner Kerl, und liebe
Gott; denn bist du geborgen! Erfülle seinen Willen! Laß
dir die Worte deines Vaters tief ins Herz geschrieben seyn, 30
als Gottes Wort; so wirst du zu uns kehren, eben so edel
und unschuldig, wie du jetzt bist. Ich werde dich nicht
wieder sehen, denn meine Jahre sind hoch, und mein Haupt
neigt sich zur Erde. Nimm dieses Schwerd, meine andre
Rüstung, in der mir [99] als Jüngling das Herz klopfte. 35
Nimms und geleite dich Gott! (küßt ihn)

Franz. Dank euch! o Wieburg! Vater! Mutter! Hier bin ich vor euch; ruse Gott an, mich stark zu erhalten in meinem Vorsatz! Betet für mich! Wo sind meine Brüder?

Hans. (gelausen. Alexanders Kopf in der Hand.) Mein
5 Alexander!

Konrad. Vater! Vater! der Hans hat mirs Bild aus'm Kurtius gerissen, mein schönes Buch.

Hans. Mein Alexander!

Wieburg. Seht den Jungen an!

10 **Jungen.** Er ist in Entzücken verlohren.

Konrad. Gieb mir mein Bild!

Hans. Eins vorn Kopf! — Mein Alexander!

Konrad. Mein Bild!

Wieburg. Ich kauf dir einen neuen Kurtius.

15 **Konrad.** Es war eine Elzevirische Edition.

Hans. Mein schöner, großer Alexander! ich möchte dich wohl einmal küssen — aber ich wills nit wagen, großer Mann! knien will ich [100] vor dir. (kniet sich) Mein Alexander! -- Diese breite hochgewölbte Stirne! — dieses volle
20 Auge! eine Feuerflamme strahlt heraus, und ich bin entzündet. Ein Blitz! — — Dieses große! all dieses unaussprechliche! helft mir reden, mein Vater! Wieburg, helft mir reden! nein, genug — mein Alexander! — Dein Geschichtsmann sagte, du sehst mehr vermögen, als tapfer gewesen.
25 Der Schurke! — mehr vermögen als tapfer! nun weiß ich zwar selbst nit, was das heißt, doch wär ich's auch, das ist gewiß. Oh hätt er dich so in der Hand gehabt: das in mir ist, in sich gehabt — Mein Alexander!

Wieburg. Hans! siehst du niemand mehr? deinen Bru-
30 der nicht?

Hans. Aber sagt mir, mein Vater, was soll dieses Band um meines großen Alexanders Kopf?

Jungen. Er war ein König, und die Könige trugen solche Bänder, die man Diadema nannte.

Hans. Ein König! Ich wollte, du wärst kein König gewesen, mein Alexander.

Jungen. Warum mein Sohn?

[101] **Hans.** Da könnt ich auch ein Alexander werden. — Nun sollst du mir nit mehr aus den Augen kommen, mein Alexander! Der große Alexander; und ich, der starke Hans!

Franz. Kostbarer Bruder!

Hans. Sieh ihn an!

Franz. Ich geh nach Deutschland. Leb wohl!

Hans. Ich geh mit.

Marie. Willst du auch deine Mutter verlassen?

Jungen. Du mußt noch warten. Noch zwey Jahre!

Hans. Ein Tag zu lang, und zwey Jahr!

Marie. Du sollst einen Alexander haben, ins Lebensgröße!

Hans. Und ich stünde vor ihm, als ein Schurke, ein feiger schläfriger Bube, und auch in Lebensgröße.

Jungen. Du bist noch zu jung.

Hans. Da taugt man eben! In die Schule geh ich doch nit.

[102] **Franz.** Lebt wohl! lebe wohl, Bruder, weine nicht! weint nicht! ihr macht mich weich. Ich muß mich losreißen.

Marie. Ich seh ihn nie wieder. Franz! Franz!

Hans. Mein Alexander! nun muß ich auch weinen.

Zweyter Auftritt.
Adelbert. Normann.

Normann. Meynt ihr, daß Otto immer hält?

Adelbert. Er ist fest bey uns. Sie hat ihn mit Stricken befestigt, die er nicht zerreißt. Und sein kochendes Blut, das wir immer in Wallung erhalten, sichert uns. Das war ein guter Fang! Jetzt denkt er nichts, als Rache und Liebe. Es geht wunderbar in ihm herum; desto besser! Vergeßt nur nicht, ihm immer was vorzuwerfen, da mag er mit der

Luſt hadern; in die Luſt bellen, bald brauchen wir ſeiner; da iſts ohndieß bald aus.

Normann. Konrad muß heraus. Immer Religion und Gottesfurcht im Munde, und doch hat ers im Herzen. Er
5 kommt.

[103] **Adelbert.** Guten Morgen, Prinz! Wohl uns, daß wir euch wiederſehen! Ihr ſeyd ſo ſelten, daß es einem ſchwer fällt, euch zu kennen.

Konrad. Die Troublen ſind zu ſtark. Da und dort zu
10 thun, und doch kein Ende.

Adelbert. Und er will ihm die Regierung abtreten, der alte Herzog?

Konrad. Er will.

Adelbert. Oh, daß ich das erleben muß an euch, Konrad?
15 fürſtlicher Konrad, an euch!

Konrad. Es iſt ſo!

Adelbert. Es iſt ſo? Und das ſo kalt, Prinz! ſo kalt — es iſt ſo, verdammtes es iſt ſo. Als ſeys um eine Hand voll Nüſſe zu thun. Dem Karl die Regierung! Oh wäret
20 ihr Prinz, wolltet es ſeyn; wolltet es wiſſen, was das heißt, Prinz ſeyn, und dächtet uns nach, thätet uns nach! Aber ſo, mags ſeyn, mags ſeyn! Und doch kann ich nicht dran denken, ohne Bitterkeit, ohne peinigende Bitterkeit. Dem Karl! Feind Gottes und eurer. Und hier ſteht Konrad,
25 von Gott erleſen, ausgerüſtet zu herrſchen, und doch nicht, weil ſeine Seele ſchläft. Oh eines Prinzen Seele! — Schlaf und hier ein Schritt, ein kleiner Schritt zu [104] einem weiten Herzogthum! Könnt ich ſie aufwecken mit dem Ruf: Konrad du biſts, ſollſt's ſeyn, mußt's ſeyn.

30 **Normann.** Lieber, laßt's!

Adelbert. Wenn euch einer ein Herzogthum erhielte, das ihr durch die Finger fallen laßt.

Normann. Adelbert, ihr zieht Schaamröthe und Unwillen auf ſeine Wangen. Hah! er fängt's an, zu fühlen —
35 fühlt's. Steigt Prinz, ihr ſeyd ſicher fürm Sturz.

Konrad. Kein Geistlicher lügt; die Stund ist da, ich hör den Ruf. Geschehen, geschehen — ich will. Bietet mir eure Hände!

Normann. Kommt, wir reden weiter!

Mörder. (zu Normann) Er ist geliefert! Hier der Brief. 5

Normann. Gelegen! Komm hernach zu mir!

Dritter Auftritt.
Rothenburg.
Gisella. Otto.

Gisella. Sprecht mir nicht mehr davon, Otto! Seitdem 10 ihr hier seyd, kann ich mich [105] kaum mehr besinnen, daß eine Zeit war, worinnen ihr lebtet, der vorige Mann. Laßts gut seyn, ich mag weiter nichts davon hören.

Otto. Ich bin verdammt zur Marter in Ewigkeit. Da hatten sie mich drüben; folterten mich mit Untreue, ich konnt's 15 nicht mehr aushalten. Ich bin jetzt hier Jahrlang, werd zum Kind, zum weinenden, wimmernden Kind! Denn wen sollt das nicht närrisch und rasend machen, wenn man so ist von gutem Herz und treuem Sinn; die Leute das alles mißbrauchen, schändlich — Projekte und Plane machen, einen 20 zu hintergehn? haben sie's, hinter einem zu lachen? oh lacht, lacht, ich will euch mehr zu lachen geben, Lacher der Marter!

Gisella. Wer das? Wer wollte das, Verirrter?

Otto. Verirrter, und Verirrter; Narr, und betrogener Narr! — Laßt mich ausreden! Einen zusehn zu lassen, wie 25 sie's machen, einfädeln — das jagte mich fort. Komm hie=her, sind's auch so, just wie sie mir sagten. Teufel und Hölle! und doch will ich lieber hier betrogen seyn, hier von euch mich verzehren lassen, von der Glut, die in mir brennt, die ihr angefacht, und immer zublaßt, bis alles [106] aufge= 30 lodert, alles — — oh das wüthet in mir! Und wenn ich denk, was ich alles that, mein Leben durch, für Freunde; nun abgezehrt, wie einer, der Jahre im Kerker gesessen ohne

Licht und Trost; für Mattigkeit keine große That mehr thun
kann, nichts großes mehr denkt, ausgeht, wie ein Schwind=
süchtiger! — — Kerker! Kerker! brich auf! — — Gisella,
hauch mich an mit allem deinem Gift, blaß mein Leben aus, auf
5 Einen Streich! Findst du Freude an meiner langen Marter?

Gisella. Was that euch mein edler Bruder, der nicht
falsch denkt und thut? was that er euch? sprecht! von ihm
abzufallen, meyneidig!

Otto. Euer Bruder! edler Bruder! Nun bey meiner
10 Seele, hätt er mich entdeckt, eben da ich ihn hätte vergiften
wollen; ärger hätt er mirs nicht machen können! Nein,
bey Gott nein! ärger nicht. Denkt, Giselle, euer Bruder
war mein Augapfel; was er wollte, that ich, und wenn er
wollte, achtete meines Lebens nicht, das ich oft für ihn wagte.
15 Dafür belohnte er mich mit Falschheit, Untreue; setzt mich
aufs Schloß, wie einen verachteten verbrauchten Burschen,
daß ers ausführe mit Ludwig — Hah! und das zu sehen,
das alles, [107] alles — — mit Ludwig! Gisella, schlägt
dirs Herz bey dem Namen? Schleicht er sich ein, süß?
20 und tönt süß? Verflucht aus meinem Munde ein Bräutigams=
name! und doch kein lächelnder Dank dafür! Gisella, kein
Dank dafür!

Gisella. Wir sehen uns nicht wieder! der euch betrogen
hat, hat der Welt einen edlen Mann geraubt.

25 **Otto.** Hat er? hat er?

Gisella. Ihr laßt euch nicht weisen! Wir sehn uns
nicht wieder.

Otto. Nein, nimmer, Gisella! Aber Ludwig führ ich dir
zu als Bräutigam! den holdseligen Jüngling, den milden
30 sanften Ludwig. Und du spannst die Arme nach ihm aus,
drückst ihn an die warme Brust — Amen! dann ein daufender,
kalter daufender Seitenblick auf mich; auf Ludwig einen
Triumphsblick, und da will ich stehen, und ihr sagt, da steht
der Pinsel! Pinsel! so lang, bis ihr mich umgebracht! da
35 heißts auch Amen. O Hochzeit! Hochzeit! Die Musik mach
ich, und trag die brennende Fackeln.

Gisella. Muß ich Rasereyen anhören? ich wollt, ihr giengt!

[108] **Otto.** Gisella, habt Mitleiden mit mir! Es giebt Dinge, die einem den Verstand verrücken; das thut mirs. Nur das einzigemal Mitleiden! Ich Mitleiden erbitten, erbetteln von einem Weibe! Mord und Rache! — — und doch stehts anders vor meiner Seele; da seh ich nichts, als dein Bild liebevoll, und da ist alles weggewischt — — ich kann's, kann's nicht aushalten! Seht mich an, Gisella, wie ihr wollt! Ich weiß, daß euer Herz ist Eiß für mich, für ihn brennende Wärme. Lebt wohl, nicht eurem Sklaven zu wie eine Königinn! Ich will mein Leben herumschleppen, bis es ausgeht. Oh! (ab)

Mädgen. Ich möchte mich todt weinen. So ein edler Mann, wie er dahin gieng!

Gisella. Und Verräther an Karl; verließ ihn in der Noth.

Mädgen. Oh die Böswichter, die Schuld dran sind! Und doch hat niemand mehr Schuld als ihr.

Gisella. Schweig!

Herzog. Nun, Gisella, bald wird er kommen. Ich denke, der Bote ist auf'm Rückweg. Und, liebt er seinen Vater noch, muß [109] er mit ihm kommen. Das wird er auch! Aber, wird er mich kennen? seinen alten Vater, dem er Gram gemacht hat, seine Haare weiß gefärbt, mehr als das Alter. O Karl, was ist die Liebe des Vaters? Komm und fühl's!

Gisella. Wie dankt euch mein Herz, gnädiger Vater! Mein lieber Bruder, was wird ihm diese Nachricht seyn? Und wer kommt noch mehr?

Herzog. Wer mehr? er, er allein. Ich will mit ihm reden. Der Vater soll mit ihm reden, und da soll niemand dabey seyn, der den Vater verscheuchte!

Gisella. Güte für alle!

Herzog. Er soll kommen!

Reuter kommt mit einem Burschen.

Reuter. Gnädiger Herr, da ist ein Bursche, hat den Franz todt gefunden, und seine zwey Begleiter.

Herzog. Todt!

5 **Bursche.** Ja gnädiger Herr, im langen Wald liegt er mit drey Stichen, und seine Begleiter auch todt.

Herzog. Schon wieder betrogen in Hoffnung! weiß man die Thäter?

[110] **Bursche.** Die Leute dort herum sagen, sie haben Reuter 10 vom Bischof herum streichen gesehn.

Herzog. Das kann nicht seyn! es müssen Räuber gewesen seyn.

Bursche. Sie werden ihn herbringen mit seinen Begleitern.

Herzog. Will der Himmel nicht, daß ich ihn wieder seh. 15 Ich sollt's bald glauben. Ruft mir den Kanzler! Gisella, ich soll ihn nicht sehen!

Gisella. Nicht sehen? Lieber wollt ich hin.

Kanzler. Gnädiger Herr, was ich vernahm, ist entsetzlich. Die Boten des Herzogs anzugreifen!

20 **Herzog.** Es soll nachgeforscht werden allenthalben! Schreibt ihr an Karl, nemlichen Inhalts! Zwanzig der besten Kerls sollen hin, und das eilig, eilig!

---

[111] ### Vierter Auftritt.

Nacht. Zimmer mit Lichtern erhellt.

25 Adelbert. Konrad. Normann.

Adelbert. Laßt uns schwören den Eid, Sachen zu halten geschworen zu Gottes Ehre und Ruhm! — Prinz Konrad, nähert euch! legt eure Finger auf dies heilige Buch! denkt gegenwärtig den Herrn, wie ers ist, der da sieht, ob euer 30 Herz einstimme mit dem Schwur, bey ihm gethan auf eure Seele und ewiges Heil? Schwört!

Konrad. Ich schwöre. Fern ist meine Seele von Bösem

und Trug. Hier steh ich vor Gott und allen Heiligen; be=
theure, daß meine Seele ist rein von Trug.

Adelbert. Prinz Konrad, ihr seyd willens, mit dem Eid
zu beschwören, daß ihr ausschliessen wollt vom Thron, Karln
euren ersten Bruder; der ihn besitzen würde zum Nach= 5
theil der Religion und Unterthanen. Weiter wollt ihr
schwören mit euren Fingern, gelegt auf dies heilige Buch,
daß ihr dem Bischof Adelbert die mit Unrecht geraubten
Länder wieder erstatten wollt. Daß ihr dem Normann, Grafen
[112] des Reichs, zur Ehe geben wollt Gisella eure Schwester, 10
dazu seine Grafschaft. Das alles wollt ihr beschwören, so
wahr euch Gott hilft und sein Wort!

Konrad. Ich Prinz Konrad, der ich hier stehe vor Gott,
seinem Angesicht und Heiligen, betheure, beschwöre, daß ich
die Worte Adelberts halten will, wie Gottes Wort. Halte 15
ich sie nicht, weiche von mir Gott, lasse meine Seele schmachten
in der Stunde des Todes schröcklich! Laß sie seyn bitter
verzweifelnd, mein Leben auch! So wahr mir Gott helfen
soll, halt ich seinen Schwur. Zur Bethenrung leg ich meine
Finger auf dies Buch, durch das wir selig werden. Mäch= 20
tiger! meine Seele ist gebunden durch den Schwur!

Adelbert. Normann, ihr wollt schwören den Eid bey Gott
geschworen, Sachen zu halten zu seiner Ehre und Ruhm,
daß ihr wollt festsetzen helfen, auf den Thron Friedrichs,
seinen würdigen Prinzen Konrad. Schwört! 25

Normann. Hier steh ich Graf Normann, schwöre vor
Gott und allen Heiligen, betheure bey diesem heiligen Buch,
Heil und Seeligkeit gebend, daß ich halten will meinen Schwur,
Konrad auf den Thron setzen zu helfen nach [113] Kraft
und Vermögen. Ihn schützen in seinen Gerechtsamen bis an 30
meinen Tod. Mächtiger, ich schwur bey dir! Fern müsse
von mir seyn deine Hülfe, hilf mir nicht mehr, Helfer, bin
ich meyneidig!

Adelbert. Hier steh ich, Bischof Adelbert, vor Gott und
Heiligen zu bethenern, daß ich halten will meinen Schwur 35
und Eid, mit meinen Fingern gelegt auf dies heilige Buch,

durch das wir Seligkeit haben und hoffen. Daß ich ein=
setzen will nach Kraft und Vermögen auf den Thron des
Herzogs Friedrichs seinen zweyten Prinzen Konrad. Ihn
zu schützen in seinen Gerechtsamen mein Lebelang. Ich schwur
5 bey dir, Mächtiger, und meine Seele ist gebunden durch den
Eid. Halt ich ihn nicht, laß mich nicht zur Ruhe kommen
dieses und jenes Lebens! Mächtiger, ich schwur!

Fünfter Auftritt.

Otto.

10 **Otto.** Das Leben ist nichts mehr für mich, alle Ruhe
ist hin. Da geh ich herum, wie ein Schatten, gepeinigt und
gemartert von bösen Geistern in meinem Herzen tausendweis.
[114] Alle Augenblicke ruft mirs zu, Otto mordest Treue und
Glauben, bist ein Meyneidiger. Da möcht ich weinen und
15 sterben für Jammer, wie mich foltert das Innre, Treu ge=
mordet zu haben. Heiliger Gott, was ist aus mir worden?
Karl, so fest hieng meine Seele an dir, und da sie an dir
hieng, lebte ich frey, hatte noch nichts vom beißenden Nagen
am Herzen, kein Schreyen; du hast die Treue gemordet —
20 ah! nun Karl! — wie schrecklich mußt du mich betrogen
haben — so auf Einen Riß aus meinem Herzen, auf Einen
Riß, und keine Spur? — mußt mich betrogen haben; hab's,
hab's, hab's, Verräther! Ludwig! höhnendes Weib! —
Rache auf! — nimm mich ganz.

25 **Normann.** Otto, morgen früh um vier.

Otto. Rache auf! auf! — auf Einen Riß!

Sechster Auftritt.

Haus des Jungen. Mitternacht.

Heilige Inquisition klopft.

30 **Mädgen.** (am Fenster in Nachtkleidern) Wer ist da?

[115] **Inquisitor.** Die heilige Inquisition, macht auf!

Mädgen. Jesus Marie! was soll das?

Inquisitor. Macht auf!

(Mädgen macht auf)

Schlafstube des Hungen.

(Er und sein Weib im Bette, und Kinder auch in Betten. 5
Inquisition tritt ans Bett, zieht die Vorhänge weg).

Marie. (erwacht) Gott! heiliger Gott, was giebts?

Inquisitor. Schweigt.

(Kinder erwachen, schreyen, da sie die Leute sehn)

v. Hungen. (erwacht) Marie, was ist dir? — — Gott, 10
was ist das?

Inquisitor. Im Namen der heiligen Inquisition, von
Hungen, steht auf und folgt uns!

Hungen. Ich! sie sind unrecht, meine Herren, ich hab
nichts begangen.   15

Inquisitor. Im Namen des heiligen Gerichts, steht auf
und folgt uns unverzüglich!

Hungen. Gott, heiliger Gott!

[116] **Inquisitor.** Eilt!

Marie. Jesus! erbarm! erbarm! (weint und schreyt, einer 20
der Sbirren schlägt ihr auf'n Kopf. Fällt in Ohnmacht. Blut)

Hungen. Marie! Marie! Marie! oh sie stirbt, mein
bestes Weib!

Kinder. (laufen und schreyen) Liebe Mutter! liebe Mutter!
seht uns an!   25

Hans. (zu seinem Vater ins Ohr) Vater, dürfen wir uns
wehren gegen die Geistliche Herren?

Hungen. Nein, wir wären alle des Tods.

Wießurg. Was ist's? Was ist's? (fährt zurück, da er die
Inquisition sieht)   30

Inquisitor. Bringt sie weg, wenn sie nicht schweigen!

Wießurg. Gott! Gott!

(Sbirren legen Hungen in Ketten)

Marie. (kommt zu sich) Lieber, lieber Mann! — — —

Jesus, in Ketten! (fällt ihm um den Hals) oh bringt mich um,
bringt mich um!

[117] **Inquisitor.** Reißt sie los!

Marie. Ich laß mich nicht losreißen. Laßt mich um=
5 bringen! Mein Mann!

(Kinder hängen sich an ihren Vater und weinen)

Sbirren. Weg! (stößt sie und die Kinder gewaltsam weg)

v. Hungen. Marie! liebe Kinder! (zeigt gen Himmel)
dort droben, er erbarm sich euer und meiner!

10   (Marie fällt nieder)

Kinder. Mutter! Mutter! oh lieber Herr Jesus!

Siebenter Auftritt.

Rothenburg.

Herzog. Reutersknecht. Unbekannter.

15 **Reutersknecht.** Ist einer draus, will mit euch reden,
gnädiger Herr!

Herzog. In der späten Nacht! — Laß ihn kommen!

Unbekannter. Herzog Friedrich, nehmt einen Rath an
gut gemeynt! Flieht und verlaßt euer Land! Euer Sohn
20 Konrad steht mit [118] Adelbert im Bund; haben alles Volk
an sich gezogen. Sind willens, Morgen früh euch anzugreifen
in eurem Schloß; euch zu zwingen, das Herzogthum nieder=
zulegen, und ins Kloster zu gehn. Das haben sie vor. Ich
rede wahr; und, glaubt ihr nicht, so legt mich in Fesseln;
25 meine Bande aber werdet ihr nicht auflösen, denn ihr werdet
sie selbst tragen. Errettet euer Leben und Reich; denkt,
daß Konrad ein Böswicht, Karl euer treuer Sohn ist!
rettet euch einer, so ist ers. Eilt und flieht!

Herzog. Wer bist du mit der Todesnachricht?

30 **Unbekannter.** Rettet euch! ihr habt wenige Stunden.
Es ist Mitternacht. Eilt um Gottes Willen!

Herzog. Siebenzig Jahr! Siebenzig Jahr!

Achter Auftritt.

Herzog vor Gisellens Zimmer.

Herzog. Giselle! Giselle! Noth! Noth! Noth! Mörder vorm Schloß! Morgen früh mit Tag's Anbruch! Giselle!

Gisella. (inwendig) Mein Vater!

[119] **Herzog.** Flieh! Mörder! sie habens gethan. Flieh Tochter, dein Bruder ist Mörder worden. Oh hör deines Vaters letzten Ruf! entflieh, bist du nicht mit ihnen. Oh, oh, oh.

Neunter Auftritt.

Wald. Moraſt.

Herzog. Veit.

Veit. Laßt uns eilen, gnädiger Herr! es geht auf den Tag. Horcht! mich dünkt, die Glocke ruft zwey im Dorf. Bald Tag.

Herzog. Tag! oh lästere nicht! Tag! oh nimmer, nimmer! Komm nie wieder, Sonne, die That mit deinem reinen Licht zu beſcheinen! ſie würden rauchende Hände von Vaters Blut, naſſe beſudelte Hände an deiner erwärmenden Hitze trocknen. Heilig, reines Licht! thu's nicht, kehre nicht wieder! — — — Hah! und keine düſtre höllſchwarze Nacht! Mondhell! löſche deine Lichter aus, gütiger Himmel! löſche deine Lichter aus! Sterne, keinen Glanz! ſie beginnen Schwüre bey eurem Licht, einen alten Greis zu morden. Egyptens Finſterniß zieh ſich ewig über dieſen [120] Grenel, ewig, ewig, und laß mich ſterben, oder ſchlag mein altes Gehirn aus! gieb mir fühlloſe Dummheit; reiß mein Gedächtniß aus, aus! Gott! Gott! reiß mirs vom Herzen! nimm mich zu dir!

Veit. Habt Hofnung, Herr! er ſieht euer Leiden, wird Hülfe ſchicken.

Herzog. Kinder, die keinen Vater wollen, ihn ausſtoſſen im grauen Alter! oh im wilden Thier iſt Heſten und Binden an Alten. Kinder! Menſchen! — ich kann nicht. (fällt nieder)

Veit. Eilt, eilt! der Hahn kräht.

Herzog. Matt, matt, tödte mich, Alter!

Veit. Ich will euch leiten.

Herzog. Laß mich! hier will ich sterben unter freyem
5 Himmel. Sieh mich an, Gott, huldreich nimm mich alten
Mann! kanns nicht ertragen. — Noch einmal will ich dich
in Gedanken, im Herz zusammen fassen, ganz, ganz zu=
sammenfassen. Zerknirsch, berste, verstoßnes Vaterherz! —
Geh von mir! du sollst mich nicht wimmern sehen!

10 **Veit.** Adelbert hat sich mit ihm verbunden. Denkt, wenn
ihr ihm in die Hände fielt.

[121] **Herzog.** (springt auf) Adelbert! oh Fürst der Finster=
niß und Adelbert, wie er mich betrog; es würkte nach und
nach — ausgestoßen! alles, alles beraubt! Adelbert, der sich
15 vor mir beugen mußte, ich mich vor ihm jetzt? War ich nicht
der stolze Herzog Friedrich, den Fürsten fürchteten? und jetzt
klein, klein gemacht, wie ein elender Bettler! Konrad! daß
der Himmel nicht donnert im Grimm, wenn ich ihn nenn;
die Welt nicht einstürzt! o hätt ich sie zwischen meinen
20 Händen, wie wollt ich sie zerreiben, zerreiben! — In Adel=
berts Gewalt! Gieb mir dein Schwerdt, ich will dich einen
Streich lehren! gieb, ich kanns noch, ins Kreuz, Bogen,
herunter und durch, so hab ich viele eingewiegt. Ich will
dich's lehren, ehe sie kommen. Nun zauderst? bin ich nicht
25 mehr Herzog? keinen Gehorsam mehr?

Veit. Laßt uns fort, bis wir in Sicherheit sind!

Herzog. Gieb dein Schwerdt! Mein Zorn ist Löwen=
zorn. Gieb, oder ich erdroß'le dich. (Wills ihm nehmen. Veit
glitscht ab in Morast.)

30 **Veit.** Tret't zurück, zurück! — ich sink.

Herzog. Wo bist du? wo bist du? haben sie dich schon? red,
red, red! lebst du? haben sie dich? keine Antwort, mein armer
Jun= [122] ge? — — — — Hah, plätscherst du da unten?
Veit! er ist gesunken, er ist todt, ich hohl dich. (arbeitet ihn
35 heraus, wirft ihn hin) Hab ich dich? nun, bist du todt? so

ganz todt? hättst du mir dein Schwerd gegeben; Sauls
Geschichte erzählt, sie hätten dich groß gemacht. Nun bist
du hingefahren; dir ist wohl, fühlst nichts mehr, und wenn
dir deine Kinder auf'm Herzen tanzten. In mir jede Quaal
noch tief, tief, höllisch! Adelbert fährt mir übers Herz mit 5
feuriger Hand; Konrad trägt Feuer zu! — — — Der
Wolf brüllt, und wilde Thiere Horch! horch! Geheul!
süß gesungen gegen das, was mir Konrad um die Ohren
saußt. Huh! huh! horch! horch! Vatermord! huh! euer
Gebrüll ist Nachtigallsgesang gegen das kleine Wort, Vater= 10
mord! — — — - Junge, regst dich? ist's aus? Ruh
sanft, ich will dich verstecken, daß dich die Wölfe nicht
fressen! — — Oh in der grausen Nacht! heult! heult!
laßt euch meine abgezehrte Gebeine schmecken. (will ihn weg=
schleppen) Veit, lebst du? 15

Veit. Herr!

Herzog. O red, red! kommst du wieder? Veit? wie
wird dirs?

[123] **Veit.** Mir wird besser. Oh gnädiger Herr, wer
half mir? 20

Herzog. Ich, ich Junge! kannst du gehen?

Veit. Ich kann nicht auf.

Herzog. Ich will dich welzen. — — Nun, kannst nicht?
wirf deine Rüstung weg, ich will dich fortschleppen. Mir
grauts hier. Mach! Wer ist der? dort, dort am dicken 25
Baum im Dunkel dort? — Oh, ich bin dein Vater, erbarme
dich meiner! nicht? — er hat schon blutige Hände, dünkt mich.
Hast du Gisellen schon geschlachtet? wie er nach mir sieht! —
komm Bursche! will dich schleppen, wollen ihnen entlaufen
unt dem dort. Das thun Kinder! 30

Vierter Aufzug.

Erster Auftritt.
Rothenburg.

Konrad. Normann. Adelbert. Kanzler. Herzogs Leute.

Adelbert. Er ist fort?

Kanzler. Um Mitternacht plötzlich, wir wissen nicht, wohin? Oh mein alter Herr!

Normann. Der arme alte Herr!

Konrad. Warum ist er weg?

Kanzler. Fragt euer Gewissen! Das Gerücht geht, sein zweyter Prinz wär aufm Marsch mit seinen Feinden gegen ihn. Und darf man das stolze Unternehmen wissen von euch? geht Empörung hier vor?

Konrad. Schweig mit deinen Fragen! der Thorheit muß Einhalt geschehen.

Kanzler. Der Thorheit! Wessen Thorheit, junger Herr?

[125] **Konrad.** Noch einmal, schweigt! oder wir werden eure vorige Thaten gegen uns richten, daß ihr zittern sollt!

Kanzler. O mein edler alter Herzog; wohl dir, daß du deinen Prinzen nicht reden hörst; es würde dein altes Herz bluten machen.

Normann (der die Zeit über mit Adelbert ins geheim gesprochen.) Deklamirt nicht lange!

Kanzler. Hört auf zu sündigen! Seyd ihr des Herzogs Sohn, ihr?

Konrad. Das sollt ihr sehen.

Kanzler. Oh lügt nicht; ich müßte dem Normann glauben, er sey ein Engel.

Normann. Du Hund du!

Kanzler. Ihr des Herzogs Sohn; der ihr mit gewaffneter Hand kommt, mit Gewalt eindringt? Mörder, Rebellen seyd ihr; das wußte mein alter Herr — in der dunkeln Nacht!

Adelbert. Gebt Antwort auf unsre Frage!

Kanzler. Du heiliger Adelbert! Du frommer Konrad! Dein Leben war immer Beten, und das hattest du im Herzen?

Konrad. Mann!

[126] **Kanzler.** Ihr seht aus, wie ein Vatermörder. Werdet 5 ihr nicht blaß? standhafter Prinz, oder Herzog, wenn ihr's lieber hört.

Konrad. Kerl! noch ein Wort! — die Schlüssel!

Kanzler. Hier ist mein Kopf! Vatermörder! Vater= mörder! Usurpateur! Hier ist mein Kopf! Euch die 10 Schlüssel? euch, Feinde des Herzogs! nein; ihm diene ich und keinem verrätherischen Prinzen. Karl! räch dich und deinen Vater! dein heiliger Bruder ist ein Vatermörder.

Konrad. Die Schlüssel!

Normann. Wo ist Giselle?   15

Kanzler. Fort, fort, zum Rächer Karl. Was fragst du nach ihr, Rebell?

Konrad. Die Schlüssel!

Kanzler. Hier ist mein Kopf, heiliger Rebell!

Normann. Da, Sklave, nimms! (verwundet ihn.)   20

Kanzler. Oh mein alter Herr!

Normann. Werft ihn hinaus!

Otto (kommt.)

Otto. Was ist der Auflauf und verwundete Mann?

[127] **Normann.** Er hat des Herzogs Flucht befördert; Karl 25 alles verrathen. Gisella fortgeschaft.

Otto. Wohin?

Normann. Zu Karl, zu Ludwig.

Otto. Nun so zerreiß Geduld! zerreiß auf ewig, und Liebe, und du Wuth und Rache! — Laß mich über die 30 Verräther kommen; ein Bräutigamslied singen, wobey Menschen Blut weinen sollen! Fort, fort! — Hah Ludwig, wenn ich dich habe: dich! will ich dich martern nach und nach;

dir deine Braut zuführen; du am Pfahl gepfählt, ich dir
durch's Herz bohrend, bohrend, dich langsam sterben sehen,
hüpfend deiner Verzweiflung zusehn; lachen, wie ihr lachet.
Dein Herz suchen für die Braut — — — O Rache!
5 Rache! dein Aufschub ist Marter!

Normann. Nun denken sie, sie hätten's! Laßt uns nur
nicht zaghaft werden!

Otto. Zaghaft? und meine Seele dürstet nach Blut
und Mord unlöschbar! Er hat sie ja, hat sie. Wie wird
10 das Weib spotten über mich; ich war ihr unterworfen zeit=
her demüthig, leckte fast den Ort, wo sie hintrat, bat [128]
ums kleinste, kleinste Mitleiden, Narr! Narr! Da wischt
sie hin!

Konrad. Ihr wißt unser Versprechen.

15 **Otto.** Mich deucht, ich seh sie; und das schneidt mir das
Herz entzwey. Wie sie sich umarmen, über mich spotten —
Jetzt gehn sie zum Altar, der Pater spricht den Segen;
daß du verdammt wärst — ihr alle, alle und ich! sie sinds,
sie sinds, ich rase vergebens.

20 **Normann.** Graf, hört auf zu wüthen! Habt ihr ihn —

Otto. Hab ich ihn! den Ludwig — Hab ich ihn —
nieder, nieder — Oh dich unter meinen Füßen, in meinen
grimmigen Händen!

Normann. Der Eine Sturm ist noch abzuwarten, und
25 der soll kein Aestchen abreißen. Edler Herzog Konrad!

Adelbert. Er lebe!

Konrad. Laß alles geheim seyn!

Normann. Wir müssen dem Herzog nachschicken. Ein
verfluchter Streich, daß er entwischt ist! Wie leicht könnte
30 er Aufruhr erregen unterm Volk.

Adelbert. Schickt Leute fort, laßt alles durchsuchen! Er
muß herbey.

Zweyter Auftritt.

Gifellens Zimmer.

Normann.

Täubchen, du bist fort aus dem Gesicht. Fort, hast alles
wüste gelassen. Die Freude war vergebens; so in aller
Früh, Gisella! Wie das schön gewesen wäre! wie wollten
wir uns in die Augen gesehen haben, schönes Mädgen; du
dich gewunden unter meinen Händen, gesträubt; und wie süß
das erzwungene; schmeckt göttlich — hol der Teufel die
Vorstellung einer entgangenen Lust! Das sind Nägel, die
man sich tief ins Herz drückt. Weg! es kann noch kommen;
und kommts, denn doppelte Wollust! Dein Genuß, Gisella!
dich so früh zu kosten, wie wenn man die frisch bethaute
Rose am Stock riecht. Was das? was in der Natur gleicht
dem? Dein Genuß, Gisella — — nicht weiter! Komm
du Ehrgeiz! du alleiniger Gott meiner Seele, die du hoch
gespannt hast! Ich wachse wie die Eiche durch dich. — Der
Pfaffenknecht! ich kann ihn nicht leiden, nicht vor den Augen
sehn. — Spann nur meinen Geist, treib ihn, setz mich auf
den Gipfel; und immer höher! mir schwindelt nicht. Hier
ists groß, über alle hinaus! — — da will ich sitzen; euch
aus den [130] Augen verlieren, kleine Sterbliche, ihr könnt
mir nicht nach; betet an! euer kurzes Denken faßt das nicht,
was in mir liegt. Doch verflucht! schon wieder fallen mir
die Riesen aus der Fabel ein. Wie hieß der Riese, auf
welchen Jupiter den Aetna schleuderte? Doch konnte er
durch sein Bewegen noch Verheerung und Verwüstung anrichten,
schon was für den Ehrgeizigen. Und ich fürchte keinen Jupiter,
keinen Adler — ich wills ausführen. Zur Erde mit euch!

Adelbert. Normann, bald sind wir zu Ende. Ich denk,
sie sind klein; sollens noch mehr werden! Das hat sich der
Alte nicht versehen.

Normann. Hätten wir ihn nur! Ich schickte ihm Leute
nach, die machen werden, daß er uns nicht mehr ins Ange=
sicht sehen soll.

Adelbert. Habt ihr? er muß weg! Ausserdem, Graf, ist noch viel zu überlegen, nur müssen wir abwarten, was Karl unternimmt.

Normann. Und die hier saß — hier, hier — — wißt
5 ihr, wo ihr seyd, Bischof?

Adelbert. Wohl weiß ich's, und ihr fühlt's.

[131] **Normann.** Nacht durch sah ich sie, und beym ersten Sonnenstrahl da dacht ich die Rose zu pflücken — — ich hätte Gott verleugnet, dich an meine brünstige Brust zu
10 drücken, und du bist weg! Weg, auch ihr, ihr Gespenster gegen sie. Was ist all euer Genuß, ihr leeren Gestalten, wo kein Reiz beym ersten Blick unser ganzes Wesen so an sich zieht, daß wir nur das, nur das sind. Und ihr Püpchen, ihr matte kraftlose Schatten vom Weibe! Was ist all, all
15 euer Vermögen? ein Gedanke euer Genuß, und da schläfts! Die hier saß — alles voll, ganz zum Verbrennen, und immer zu brennen — ohne Sättigung genießen, und doch immer genießen!

Adelbert. Normann, ich möchts aus eurer Brust weg-wischen! und doch will ich nicht. Hängt fest am Gedanken,
20 laßts euch anspornen! sie wird euer.

Normann. Sie muß es! und, wird sie's nicht, denn will ich Pfaff werden, und allen Weibern Gift geben.

Adelbert. Es kann nicht fehlen. Versichert uns nur des Ottos! die Soldaten haben Herz; sind alles doppelt,
25 hören sie nur seine Stimme.

[132] **Normann.** Er ist unser. Hält ihn nicht Rache und Brunst hier? Sieht er nicht alles schief? Ich müßte die Kerls nicht kennen, die die besten Kerls im Pfaffenverstande sind, so lang sie nicht angebrannt sind. Aber sind sie's, so
30 werden sie euch nicht auf die Seite schauen; immer auf Einen Punkt, steht schon ihr Verderben da. Sie sind Leiden-schaft, sie sehen dahin, treten nach dem, der sie anders leiten will. Doch muß man ihnen das Ding immer schiefer vor die Augen stellen, sich wundern, wie grad sie sehen! Laßt
35 mich nur! ich will ihn dressiren. Das sind gewaltige Dinge,

Liebe, Eiferſucht, und Gefühl von Verachtung, bey einem
ſolchen Mann. Er reißt ſich nicht loß, und bliesen alle Heilige
und Engel Sanftmuth in ſeine ſtürmiſche Seele.

Adelbert. Was machen wir hernach mit ihm?

Normann. Er mag zu ſeinen Vätern gehn! todt unter! 5

Adelbert. Nein, Lebens auf!

Normann. So ſagt ein Biſchof. Meinetwegen! Der
Ruf käme mir zu früh, ihm zu ſpät.

[133] **Adelbert.** Warum zu ſpät?

Normann. Weil er zeither tauſendmal mehr gelitten hat, 10
als der Tod iſt. Er kann ſeine Rüſtung kaum mehr tragen,
der Herkules; ſo abgezehrt iſt er. Sie hätt ihn an Spinn=
rocken gebracht, glaub ich, hätt ſie nur einen lächelnden Blick
auf ihn geworfen.

Adelbert. Ihr ſeyd in Gedanken.				15

Normann. Oh ich vergaß, daß ich von mir rede. Ihr
glaubt nicht, Adelbert, was ein Weib vermag? Ich hätte
mein Projekt aufgegeben, hätte ſie mich angelächelt. Wir
wollen aus der Stube! — Hier ſaß ſie, hatte ihre Laute,
ſang; ich ſtund unter der Thür, von ihr ungeſehn. Das 20
war überirdiſch, wie das Lied des Barden aus ihrem Zauber=
mund herausquoll, ihre Finger jeder Saite durchdringendes
Gefühl und Leben gaben. Ich war nicht ich, Seel und
Körper durchſtrömt! ich fiel ihr um den Hals, ſie ſtieß mich
weg, ſchrie laut, daß ich entfliehen mußte. Sah ſie mich, ſo 25
zürnte ſie, und doch war ihr Zorn Lächeln der Wolluſtgöttin.

Adelbert. Kommen doch die Italienerinnen nach, ſie
können euch doch eine Zeitlang ſchadlos halten.

[134] **Normann.** Nehmt Sonn und Finſterniß, grauſen
Sturm, den heitern Maytag! ſagt einem Frierenden, er 30
ſoll ſich an einem faulen brennend ſcheinenden Eichſtamm
wärmen, und nicht mehr frieren! Oh dieſe unvermögenden
Geſchöpfe! leere, leere Blicke, und wenn die Wolluſt in
ihnen liebäugelte.

Adelbert. Ich hätts mein Leben nicht gedacht, daß sie euch so hinnähme.

Normann. Dafür nehm ich sie wieder.

Adelbert. Glaubt, Gianette hatte mehr an Konrad ge=
than, als einer von uns. Oh so einen Strick um einen Unerfahrnen geschlungen; ist er ein Heiliger, er reißt sich nicht los, sind die Schlingen so gelegt. Das wollte wohl Konrad werden; er wars ganz, sah lauter Wunder, und das war ihm wohl auch Wunder.

Normann. Ich kann sie nicht mehr ansehen drum. Sie mag ihm bleiben!

Adelbert. Hah! hier ein Brief. An Otto, bey meiner Seel! Ein ofner an Giselle. Von Karl.

Normann. Zeigt, zeigt!

Adelbert. Laßt mich!

[135] **Normann.** Narrt mich nicht! Nun, wärs schön ge=
wesen, hätt der Stürmer des Täubchens Nest durchsucht. Um Verzeihung, Prinz Karl! wir müssens wissen! (macht den Brief auf) wahrhaftig nicht für uns geschrieben. Da, lest den erbaulichen Brief, er hat uns gezeichnet, wir wollen ihn tiefer zeichnen.

Adelbert. Gut, daß wir ihn haben. Seine Feder ist scharf geschnitten, wir wollen sie stumpf machen. Kommt zum Prinz! es wird zu thun genug geben.

Dritter Auftritt.

Sonneburg.

Karl. Gisella. Adelheide und andre.

Karl. Wenn ein Mensch im Staub gedrückt säße, trast=
los; von Elend und Jammer ermattet wäre an Herz und Geist, käme ein Engel, stärkte ihn, daß er sich erheben könnte und aufstehen, stark und neu getröstet, wäre ihm, wie mir, da ich meines Vaters Botschaft erhielt. Und die drauf!

Gisella. Das soll all noch kommen, lieber Karl! die

Stärkung, und die wird selig seyn. Nicht wahr, liebe
Schwester?

[136] **Adelheide.** Oh die Wonne! sie muß kommen; wir
haben schon lange gelitten. Was das Freude war, als Karl
die Nachricht erhielt!   5

Karl. Seyd ruhig! Seht, Gott wird mich führen und
stärken. Der Tag ist da, wo ich zeigen will, wie kindlich
mein Herz gegen meinen Vater immer war. Mein Vater
wird mich wieder erkennen, und dich, Adelheide! Wo er
irrt? in der dunkeln grausen Nacht, der alte Mann! schon 10
von seinem Alter abgemattet, und dieser Stoß! mein Herz
möchte zerspringen! Wenn nur meine Leute zurückkämen!
Auf alle Wege schickte ich sie. Liebe Schwester, wie magst
du gelitten haben zeither! — Ihr sollt mich nicht wiedersehen,
bis alles gethan ist.   15

Adelheide. Du wirsts thun, Karl!

Karl. Nur meinen Vater unversehrt! mit ihnen will
ich fertig werden. Giselle, was macht Otto? ist er mit ihnen?

Gisella. Sie ziehen ihn, wie sie wollen.

Karl. Da haben sie mir meine rechte Hand abgehauen. 20
Einen solchen Mann! Fürs Teufels Versuchung hätt ich
ihn sicher gehalten. Und so sehr haben sie ihn bestrickt.
Du mußtest die Ursach seyn.

[137] **Gisella.** Ich?

Karl. Du, und Ludwig!   25

Gisella. Mußt er darum ein Böswicht werden?.

Karl. Möchte er das nur nicht seyn! Tag und Nacht
wollt ich ihn entschuldigen. Bey der ersten Nachricht ver=
fluchte ich alle Menschen. Aber seine Hitze, die Eifersucht —
ich sah ihn immer vor Augen. Wie sie sich das zu Nutz 30
machten, daß sogar alle meine Briefe nichts bey ihm ver=
mochten; Gabst du ihm die Briefe? oder ließt du sie ihm
heimlich zustecken?

Gisella. Briefe, Bruder? ich sah keine von dir.

Karl. Keine Briefe! und ich schrieb immer auch Adelheiten.

Gisella. Die haben sie aufgefangen.

Karl. Böswichter! so haben sie ihn bestrickt. Könnt ich ihn nur retten! ein neuer Beweggrund.

5 **Gisella.** Einen einzigen bekam ich vor wenigen Tagen; den ließ ich in der Angst liegen.

[138] Gebhard mit dem jungen Hungen.

Karl. Otto, so ist's möglich, daß sie dich behalten haben? Und doch nicht, hättest du die Treue, die ich hab.

10 **Gebhard.** Otto! Fürst, wo ist er?

Karl. Bey ihnen, gegen uns. Könnten wir ihn retten!

Gebhard. Laßt mich zu ihm! hier ist ein edler Bursch, kommt und will dienen.

Karl. Willkommen! wer seyd ihr?

15 **Hungen.** Eines verbannten Mannes Sohn. Ich bin des von Hungen, den Adelbert verbannte; ich komms zu rächen, weil ich hör, ihr habt Krieg mit ihm.

Karl. Des von Hungen? ich hab seine Geschichte gehört und mit ihm gelitten. Wo ist er?

20 **Hungen.** In Italien. Sein Bruder ist gestorben, und hinterließ ihm seine Güter. Ich ruhte nicht, bis er mich von sich ließ, mit dem festen Vorsatz, nicht eher heimzugehen, bis ich Adelberts Kopf abgeschnitten. Wollt ihr mich in eure Dienste, so sollt ihr einen Diener finden; weiter bin ich noch 25 nichts, [139] denn noch nie führte meine Rechte das männliche Schwerdt.

Karl. Sey willkommen, Hungen! euer Gesicht vervollmetschet einen edlen Mann, das Feuer eurer Augen einen Ritter, der dem Feind vor die Stirne tritt. Ihr seyd unser! 30 Unser fürstliches Wort euer! Ich seh euren Vater in euch.

Hungen. Das ist mein Stolz, Fürst! Und so verbannt wie mein Vater ist, das adelt mehr, als es schändet. Das sah ich an meinem Vater, als er zu uns kam. Und das will ich Adelbert so laut sagen, daß er niederstürzen soll.

Karl. Gebt mir eure Hand! Hier stehen Männer, die euch lieben werden. Noch heute wollen wir aufbrechen.

Gebhard. Den Otto, Fürst! schickt mich zu ihm! ich will alles thun. Er wird mich sehen! und er wird unser.

Karl. Was meinst du, Schwester, von ihm? 5

Gisella. Ich glaub's nicht. Sie haben ihn so fest an sich gezogen, daß er unmöglich losreißen kann.

[140] **Gebhard.** Er soll, gnädige Fürstin! Laßt mich zu ihm!

Karl. Was der Junge an dem Mann hängt! Gebhard, er könnte dich an sich ziehen und du würdest ein Verräther 10 mit ihm.

Gebhard. Fürst, das that wehe! (wischt sich die Augen) denk ich so was, träum ich's nur, so laßt mir den Kopf abschlagen! Ich will da bleiben, so gern ich's nicht wollte.

Karl. So meynt ich's nicht. Sey gutes Muths! deine 15 Treue ist mir bekannt. Du hast dich bey mir gehalten als keiner. Und eben deßwegen möcht ich dich nicht weglassen, weil dir leicht was widriges wiederfahren könnte.

Gebhard. Nichts, nichts! ich will's darnach anfangen.

Karl. Komm! 20

Gebhard. Wenn ich wieder zu ihm komm, ihn bring. Wird mirs doch seyn, wie dem Frierenden in warmer Sonne.

---

[141]   **Vierter Auftritt.**

Gefängniß.

Hungen. 25

Um mich ist Tod und Fäulniß. Wie komm ich hieher? — In Ketten! — — hör mein Winseln, mein Jammern! — — — was ist das? modernder Gestank — ein Menschen= geripp. Gott! Gott! Gott! wie strafst du mich! was hast du mit mir vor? — Tod, dicke Nacht und Verzweiflung 30 in meinem geängsteten Herzen. Marie! Marie! liebes Weib! oh es schlägt wider die harte Mauer, und prallt zurück.

Marie! Marie! lebst du? meine Kinder, meine arme kleine
Kinder! — Gott, stärke mich in diesem tiefen verzweifelnden
Leiden! bewahre mich vor Lästerung! Marie! in Gesellschaft der
Würmer soll ich hier liegen; so sterben, einen Unglücklichen
5 schrecken, wie der mich, daß mir die Haare empor stehen. Ob ich
muß, ich will enden — ein Stoß wider die Mauer, und es
ist aus — — mein Leiden, Leiden — meine Sprößlinge!
meine arme kleine verlaßne Püppchen, weint nicht! Marie,
weine nicht. Heiliger Gott! gegen dich soll ich geredt haben!
10 wegen Läste= [142] rung das leiden, und weiß nichts. Alles
Beleuchtender du weißts, und kein Retten, kein Retten! —
Marie! Marie! Marie!

Fünfter Auftritt.
Gorg (an einem Felsen).

15 Horch! horch! rauscht's — — — arme Gemordete, ich
kann euch nicht wieder lebendig machen. Oh saußt um mich,
blutige Schatten! der arme verdammte Gorg! — — sieh
nicht so auf mich, himmlischer Engel, wend dich weg! Laurens
Schatten, sieh mich nicht so weich an, bet nicht für mich!
20 Siehst Emirs Blut — rauscht's, rauscht's um mich — der
böse Feind! huh, nimm mich mit dir. Oh deine Silber=
locken! streich sie weg, und dich, sieh mich nicht so huldreich
an! Der Mordfelsen, wo böse Geister wohnen, widerpeitschen
die Höllengestalten mit ihren garstigen Flügeln. Und in
25 mir! drück mir's Herz nicht so, Emir! (reißt Gras aus, zer=
knirscht's) Blut! Blut! — Emir sieh nicht so wild, so blut=
lockigt, lieber Emir! — Hab ichs denn gethan? — — —
am Felsen hängt Emirs Blut — — Laura, sieh den ver=
dammten Gorg nicht an — — — sielt ihr alle, ihr alle!
30 Alter [143] mit deinem grauen Bart — — Emir! (nimmt
einen Stein, reibt am Felsen) Los mit dir, los, kanns keine
Ewigkeit auslöschen; meine Thränen, die drauf fließen, auch
nicht. (reibt fort) oh! oh! oh! und's Engelmädgen auch.
(nimmt ein Buch und betet) Sey gnädig dem armen verdammten
35 Gorg! laß mich peitschen und peitschen hier; hör den armen

Gorg beten! (wirft's Buch weg) hab ja doch gemordet, lieber
Herr! sie liegen ja alle todt — und du verdammst meine
Seele — — — dort geht sie, nickst mir zu, und weinst.
Blaß, lieber Schatten, ich will kommen, warte, warte! er
kam ja in Wuth geritten auf mich — da ist er — Emir! 5
Emir! sey dem armen Gorg gnädig! sieh nicht so wild, du
sollst Lauren haben. Du willst mich mit Gewalt umbringen
— — (setzt sich hin in tiefer Schwermuth, küßt das Kreuz, das
er am Hals hängen hat.)

Herzog. Veit. (kommen). 10

Herzog. Nur einen einzigen Becher Wasser! Du sollst
meiner bald loß seyn. Meine Kräfte sinken, und ich nach
der Erde. Gieb mir nur einen halben Becher Wasser!

Veit. Gleich, lieber Herr! habt Hofnung und ruht hier!
[144] **Herzog.** Hofnung, daß es aus ist. Grosser Gott, wie 15
hast du mich in Staub gelegt! Ich lieg, und niemand kann
mich aufrichten. — Veit wer ist der?

Veit. Ich seh ihn an. Ein abgezehrter Schatten, dem
die Haut um die Knochen hängt, Hunger und Verzweiflung
aus den Augen sieht. O wie's in ihm arbeitet — jetzt! 20
jetzt! armer Wurm!

Herzog. Wer bist du in tiefer verzweiflender Schwermuth,
mehr Todtengeripp als Mensch?

Gorg. Kann ich dich lebendig machen, todter Greis, daß
du mich jeden Schritt verfolgst mit deinem weißen Bart und 25
heiligen Gesicht? Bleib bey Gott, quäl den armen ver=
dammten Gorg nicht! Könnte ich dich wieder machen, wie
er dich machte auf einen Hauch, wollte zwey Ewigkeiten Ver=
dammniß leiden. Die Teufel foltern den Mörder. Emirs
Blut am Felsen! Laura hin — du! du! alle durch diese 30
verfluchten Hände! — — los, los mit dir! (reibt am Felsen)

Herzog. Der ist verwandt mit mir. Sag, Unglücklicher,
hast du Kinder gehabt, die dir [145] Kraft und Leben nahmen,
dich in diesen peinlichen Zustand versetzten? Red, haben dich
deine Kinder so gemacht? 35

6*

Gorg. Armer Schatten, geh in Himmel zurück! liegst ja im Grabe dort; sieh dort; zwischen den Bäumen. Siehst du den Hügel? da liegst du und sie. Es war an einem schönen Sommertag, da kam er geritten in Wuth. — Gorg!
5 Gorg! du blutiger Emir!

Herzog. Dein Sohn?

Gorg. Du holdseliger Greis, vor dessen Ehrwürdigkeit sich Knie beugen sollten, fielst auch. — Geh, geh, sag zu Gott, der arme Gorg leide. Emir hin, Laura, ich kann's
10 nicht; nehmt mir mein Herz aus dem Leibe, das Lauren ist; werft mich in siedendes Oel und laßt mich leben dabey, ich hab den mächtigen Hauch nicht, mit dem er euch anblies; die schöpferische Kraft nicht, die einen Engel wie sie, machen konnte. Rauscht's, prah! prah! hurla! hurla! nimm mich
15 mit dir, schmettre mich wider den Felsen! wäsch Emirs Blut weg! prah! hörst sie rauschen? geh in Himmel.

Herzog. Heiliger Gott! was wird aus deinen Geschöpfen? ein Besessner, ich ein von Kindern verjagter alter Mann! heiliger Gott!

20 [146] **Gorg.** Siehst Emirs Blut, überall, überall, ruft Rache, Rache und Weh übern verdammten Gorg. Heiliges Kreuz! (vorige Stellung)

Herzog. Wir wollen zusammen gehn, armer Gorg! ich bin so matt und dein Elend macht meins so neu, daß ich's
25 ganz seh. Er ist's, er ist's; so weit ist's gekommen, und du kannst zusehen! (sieht gen Himmel)

Veit. Seyd ruhig; ich trau euch nicht allein zu lassen.

Herzog. Hol mir Wasser, Veit, und laß mich bey ihm; wir schicken uns zusammen, ein Rasender und Wahnwitziger.
30 Gorg! Gorg! wo ist dein Konrad? Hat er dir alles genommen, dich fortgejagt, so lumpicht und verhungert?

Gorg. Heiliges Kreuz, dich trug sie; die Mutter Gottes schenkte es ihr. Sie band dich los von ihrem Nacken, drückts in meine Hände, sie waren noch nicht blutig, ich muß dich
35 anbinden, daß dich meine Thränen nicht wegwischen.

Herzog. Armer Gorg, wie ist dirs?

[147] **Gorg.** Bist du noch da? Wenn ich dich umgebracht habe, heiliger Greis, und du siehst, daß ich dich nicht lebendig machen kann: — geh denn von mir! Habt ihr denn im Himmel so Freude daran, den verdammten Gorg zu quälen? Ich kenn dich wohl; so sahst du aus, und ich blies dich weg. Emirs Blut! dein langer Bart da! — Laura — er wollte es so, ob sich schon der arme Gorg sträubte. — Tobt in mir, über mir und unter mir, da kommen sie in einem Zug. Hura! hura! — (ziehts Buch heraus) Mutter Gottes und Heiligen! Mutter Gottes, reine Himmelskönigin, sey gnädig! nimm dich an des Armen, der leidet in Höllenpein!

Herzog. Armer Gorg! wir habens miteinander, und wirds noch lange, bin ich ganz wie du. Oh mir frißts am Herzen!

Veit mit einer alten Frau.

Veit. Hier, Herr!

Herzog. (trinkt) Noch einmal erquickt!

Frau. Gorg, Gorg, geh heim!

Herzog. Wem ist der Bursche, Weib?

Frau. Lieber Gott, er ist mein Sohn. Sein Verstand ist hin durch ein großes Unglück. [148] Ich bete Tag und Nacht auf meinen Knien für seine Seele. Gorg, geh heim!

Gorg. O sieh nur, sieh nur, wie er auf mich blickt! ich möchte ihn gern lebendig machen, kann aber doch nicht. (vorige Stellung)

Herzog. Weib, sage mir, haben ihn seine Kinder so gemacht?

Frau. Ach nein, mein armer Sohn. Alle Menschen beten für ihn, und doch bleibt er so. Ich hab mir meine Augen schon ausgeweint, daß mir's Sehen vergangen ist. Lieber Gott! geh heim Gorg! Wie ihr ihn da seht, wars ein munterer schöner Bursche. Mein Mann schickte ihn nach Bologna, da studirte er. Er kam zurück, und war unsre

Freude. Wir hatten noch einen Sohn, Emir, der war wild und bös, konnte den armen Gorg nicht leiden. Zum Unglück mußte Gorg unsers Nachbar's Tochter lieben, die Marie, die er immer Laura nennt. Sein Bruder wollte sie auch, sie
5 war aber nur meinem Gorg gut. Da traf er vor drey Jahren den Gorg hier an, wollte ihn umbringen: da mußte sich Gorg wehren, und er stach ihn wider seinen Willen, daß er bald darauf starb. Da fieng er an, traurig zu werden, weinte Tag und [149] Nacht. Marie ward
10 schwermüthig drüber, starb auch, und er riß uns just aus, als sie im Sarg lag, sah sie todt; seitdem ward's immer böser mit ihm. Mein Mann, den der Kummer kraftlos gemacht hat, starb vor kurzem vor Alter und Mattigkeit. Und da glaubt er nun, er habe sie alle drey umgebracht.
15 Lebt nun seither so, wirds aber nicht lang mehr machen. Des Tags sitzt er hier am Felsen, redt immer so, sitzt auch oft viele Stunden, ohne ein Wort zu reden. Wenn er essen soll, oder's Nacht wird, muß ich ihn holen. Ich darf ihn aber nicht einschließen. Armer Gorg! Wenn er zu Hause
20 ist, spielt er auf der Laute, die ihm Marie geschenkt, da er noch gesund war, und singt. Willt du heimgehen, lieber Gorg? Komm, wir wollen beten.

Gorg. (hats Kreuz zwischen den Fingern und lacht) Ja himmlisches Mädgen, sag mirs, (aber sag mirs ganz geheim) sag
25 mirs, wie du lebst im herrlichen Glanz? so, du Engel! recht — hat sie dich recht lieb die heilige Mutter Gottes? o hab mich auch lieb! mach mich selig, daß ich zu ihr komm, du Himmelskönigin!

[150] **Herzog.** Unglückliches Weib, und wär er mein Sohn,
30 wär ich ein glücklicher Vater.

Veit. Könnt ihr uns nichts zu essen geben, und Nachtlager? Wir sind den ganzen Tag in der Hitze gegangen.

Frau. Stroh zum Lager, gute Milch und Brod. Gorg komm! der liebe Gott wird dir doch noch helfen. (führt ihn weg)
35 **Herzog.** Ein solcher Anblick! und doch nichts, steh ich neben ihm.

Sechster Auftritt.

Sonneburg.

Ludwig. Gisella.

Ludwig. Laßt mich euch ansehen! — euch! so, der Augenblick würde mich selig machen.

Gisella. Ludwig, was liegt euch auf'm Herzen? Ihr wißt meine Theilnehmung. Macht mich nicht unruhig! Kummer drückt euch. Ich kam — und Freude lächelte mir entgegen. Jetzt scheint alles weg. Was trübt euch so?

Ludwig. Ich muß in Thränen ausbrechen vor euch. Wenn ich sag, ich lieb euch, sag [151] ich zu wenig. Ganz, ganz euer bin ich. Oh sieh mich nicht so an, Holde! ja du würdest mir den Himmel bereiten, wär's nicht. Sag du wolltest, oh es hat mich geängstet.

Gisella. Sagt, sprecht, ängstet mich nicht! Wollt ihr mich so verlassen?

Ludwig. Hör Gisella, durch mich, durch mich ist der arme Otto zu Grunde gerichtet. Mein Gewissen brennt mich über dieser That; ich kann so nicht leben, mit diesen Vorwürfen.

Gisella. Ludwig!

Ludwig. Seht Liebe, der Otto hieng an Karl, wie ein Säugling an seiner Mutter, und ich riß ihn weg. Der Normann kam hieher, brachte einen Brief von euch an mich —

Gisella. Ich gab ihm nie einen.

Ludwig. Das dacht ich. Er gab mir ihn in Ottos Gegenwart und goß Gift in sein Herz; und alles sagte er, was ich vergessen wollte, schon überwunden hatte. Unsern Abschied, mit dem ich enden wollte, den mißbrauchte er —

Gisella. Schröcklicher Böswicht! Und du wolltest mich vergessen?

[152] **Ludwig.** Ich wollte, ich mußte. Ein Opfer wollte ich für den Mann werden, er verdient euch, nur er.

Gisella. Du wirfst mich weg, Ludwig?

Ludwig. Sag das nicht! Er riß ihn von uns, und er leidet alles unschuldig. Gott, ich kann nicht ruhen, mach ich's nicht wieder gut.

Gisella. Es ist edel von euch. Hättet ihr aber gesehen, wie er mit ihnen ist, mich behandelte! Lieber Gott, ich mußte ihn für das halten, was er mir schien.

Ludwig. Er ist's nicht, er mußte es werden. Laßt ihm Gerechtigkeit wiederfahren! Sagt, er sey's nicht!

Gisella. Ich thu's.

Ludwig. Sey gesegnet dafür! ich will euch ehren. Wir ziehn nun aus. Gisella, ich will suchen, den Mann zu retten, und hab ich's, denn frey athmen.

Gisella. Thut's!

Ludwig. Denn müssen wir uns trennen!

Gisella. Sagst du's?

Ludwig. Gisella!

[153] **Gisella.** Du wirfst mich weg, Ludwig! du wirfst mich weg!

Ludwig. So werf mich Gott weg! Nein, laß mich nicht mehr leiden! Laß mich dich ehren, heilige Tugend! Einen solchen Mann zu retten, der Himmel freute sich. Verachte ihn nicht!

Gisella. Ludwig, bist du's?

Ludwig. Verachte ihn nicht!

Gisella. Ludwig, du könntest mich überreden — ich weiß nicht, kann nicht; zieh hin! Gäb's Gott! du hast's, mich zu lenken. Du hast alles und wirfst mich weg.

Ludwig. Ich werf dich weg? Kannst du so was sagen?

Gisella. Zieh hin!

Ludwig. Gott segne dich. Laß mich dich küssen!

Gisella. Steh dir Gott bey, Guter!

Siebender Auftritt.

Marie. Kinder. Wieburg (kommt).

Wieburg. Sie wollen nicht, die Tyrannen, sie wollen nicht. Ich bat sie auf den Knien, mich alles für ihn leiden zu lassen.

[154] **Marie.** Das wollt ich nicht. Was werden sie mit ihm machen?

Eins von den Kindern. Kommt denn unser Papa nicht wieder?

Kleines Mädgen. Kannst ihn denn nit wieder herbey schaffen, lieber Mann! Haben dich doch so lieb — bring ihn doch — daß Mutter aufhört zu weinen! weint doch nit immer so, Mutter!

Marie. Arme Kinder!

Kl. Mädgen. Kommt vielleicht ein Engel und bringt ihn. Habt uns ja oft erzehlt, liebe Mutter, wie Gott Engel schickt zu Menschen, wenn sie in Betrübniß sind wie ihr.

Konrad. Kommt er denn gar nicht wieder?

Hans. Darf ich denn nicht hin? ihn mit Gewalt holen?

Marie. Sie würden mich und euch umbringen. Dörft gar nicht dawider reden.

Hans. Das ist mir schön! Kann ich mich auch nit für ihn einsperren lassen? Hätt ich's doch damals gethan, da sie ihn wegschleppten! fiel mir aber nit gleich ein, da die Mutter wie todt war.

[155] **Wieburg.** Weiß, redt, weint laut, gebt eurem Schmerz Luft! er bringt euch um. Muß ich das erleben! und sie wollen mich nicht! Marie, stärkt euch! Seht diese Kinder um euch liegen!

Marie. Gott sah diese Kleinen und mich!

Achter Auftritt.

Inquisitionsgericht (an einer langen Tafel).

Inquisitor. Euer Schluß geht insgesamt dahin, es ist wider Gott und die Kirche. Und noch häufet seine Hals=
5 starrigkeit und Läugnen sein Verbrechen.

2. Inquisitor. Wir müssen so handeln.

(Sbirren bringen den v. Hungen)

Inquisitor. Noch einmal, von Hungen, laden wir euch vor, der ihr verstockt seyd in euren Sünden, Gott noch mehr
10 beleidigt. Ihr schwuret den euch von dem heiligen Gericht vorgelegten Eid, die Wahrheit zu sagen — brach't ihn und gestundet sie nicht. Noch einmal thun wir die nemliche Frage an euch: laßt ihr sie unbeantwortet, gestebt nicht alles, müssen wir die Gewalt brauchen, von Gott und der Kirche
15 gegeben.

[156] **v. Hungen.** Hier steh ich vor Gott; will alles mit aufrichtigem Herzen bekennen, was ich weiß. Daß ich was wider Gott oder die Kirche geredet, kann ich nicht sagen. Und gewiß, ich hätt so lang nicht gezögert, bis mich Angst
20 und Kummer den Todten gleich gemacht. Liebe Herren, ich bin mir keines Vergehens bewußt, welches das verdiente.

Inquisitor. Noch einmal. Wir legten euch zwey Fragen vor. Und die Kirche, die auch mit den Verirrten Gnade und Mitleiden hat, erlaubet uns, sie euch noch einmal vor=
25 zulegen. Die erste war, seyd ihr euch Leute bewußt, die euch feind sind, und euch hassen?

v. Hungen. Ich hasse keinen Menschen, bin niemand feind, denk auch nicht, daß ich so arge Feinde hab.

Inquisitor. Ihr habt ferner bey dem ersten Verhör eidlich
30 gelobet, die Wahrheit zu sagen, zum Zeichen, daß ihr kein verstockter Sünder wäret. Thuts demnach jetzt, und denkt, vor wem ihr steht; ja wißt, daß Mittel da sind, die Wahr= heit aus dem innersten des Herzens heraus zu bringen!

[157] **Hungen.** Liebe Herren, ich bin in eurer Gewalt, weiß
35 es und fühls, werd nichts verschweigen. Ich weiß nichts.

Inquisitor. Hungen, noch wenige Augenblicke.

Hungen. Wär der Eine Augenblick mein Tod, bey Gott, ich weiß nichts.

Inquisitor (zum Advokaten.) Getraut ihr euch seine Sache zu vertheidigen?   5

Adv. Nein. Sein Vergehen ist zu groß. Die Kirche erlaubt mir nicht, so weit zu gehen.

Inquisitor. Von Hungen!

Hungen. Gott steh mir bey!

Inquisitor (klingelt. Sbirren kommen.) Bringt ihn zur 10 Tortur!

(Sbirren führen ihn weg in ein Nebenzimmer. Gehn einige
        Inquisitores mit.)

Inquisitor. Solche Hartnäckigkeit!

Advokat. Ich hätt seine Vertheidigung übernommen — 15 aber solch offenbares Vergehn und Ketzerey.

Hungen (von innen.) Jesus Marie! Jesus Marie! —
— — — — Ah ich weiß [158] nichts. — — — Erbarmen! Erbarmen! (Ausdruck des äußersten Schmerzes)

Inquisitor. Es ist Gottes Sache.   20

2. Inquisitor. Laßt die Gnade über die Natur siegen!

Hungen. Jesus! ach erbarme dich doch!

(Sbirren bringen ihn ohnmächtig, und erfrischen ihn.)

Inquisitor. Nichts gestanden?

3. Inquisitor. Immer nichts.   25

Inquisitor. Eure Verstockung hats gemacht. Wollt ihr nun die Wahrheit sagen?

Hungen. Bey Gottes Gnade fleh ich euch! — sagt mirs!

Inquisitor. Nun hört euer Verbrechen! Erinnert euch, ihr gieng eines Tags mit Wieburg aufm Feld. Zwey Diener 30 der Kirche giengen an euch vorbey, bey deren Erblickung ihr folgende ketzerische Worte ausstießet. „Welche Thoren sind es doch, daß sie glauben, den Himmel zu verdienen dadurch,

daß sie härene Kleider tragen, barfuß gehen, fasten und sich
geißeln! Gewiß, sie sind Thoren, wenn sie meynen, daß es
etwas verdienstliches sey, sich selbsten zu peinigen, sie könnten
eben so [159] gemächlich, als wir, leben, und würden eben
5 so bald in den Himmel kommen." Bekennt ihr euch schuldig
dieser Lästerung?

Hungen. Ach! ich hab's gesagt, ich unterwerfe mich aller
Strafe, die das heil. Gericht mir auferlegen wird.

Inquisitor. Gesteht ihr, daß ihr mit diesen Worten gegen
10 die Kirche Ketzerey und Lästerung ausgesprochen?

Hungen. Ich bin bereit, alles zu leiden.

Inquisitor. Ists Ketzerey? War eure Absicht, die Kirche
und ihre Diener zu lästern?

Hungen. Ich will mich ja allem unterwerfen.

15 **Inquisitor.** Noch hartnäckig! Sbirren!

Hungen. (inwendig) Jesus erbarm! (seufzt und ächzt.) —
Oh — — sende Hülfe! — — Jesus Marie! — (dauert
immer fort, nach und nach nimmt sein Schreyen ab.)
Nebenzimmer eröfnet sich, von Hungen auf der Folterbank in
20 Todesangst und Verzuckungen, scheint den Geist aufzugeben.
Sbirren suchen ihn zu sich zu bringen mit Erfrischungen.

1 Sbirre. Er ist todt.

[160] **Hungen.** Meine Kinder! mein Weib. Oh Gott!
(Inquisitor um ihn.)

25 **Inquisitor.** Ist er todt?

Sbirre. Scheint.

Inquisitor. Bringt ihn in seinen Kerker! ist er todt, will
ich einen Befehl ausfertigen, daß seine Güter eingezogen werden.

Hungen. Meine Kinder! mein Weib! (stirbt)

---

30 ## Neunter Auftritt.

Marie (auf einem Stuhl. Ihre Kinder um sie.)

Marie. (fährt plötzlich auf) Jesus, mein Mann! schnee-
weiß! (fällt nieder)

(Kinder schreyen) Mutter! Oh, sie ist todt!

Fünfter Aufzug.

Erster Auftritt.
Rothenburg.
Konrad. Beichtvater.

Konrad. Rathet ihr das, ehrwürdiger Vater?   5

Beichtvater. Nicht anders; besorgt des Lands Wohl und eures!

Konrad. Die Reuter kommen.

Beichtvater. Bedenkts wohl, mein Fürst! (ab.)

Normann. Adelbert. Hauptmann.   10

Konrad. Trast ihr ihn an, Hauptmann?

Hauptmann. Ja.

Konrad. Wo?

Hauptmann. Im Wald, in einem elenden Haus, den werthen Herrn mit Veit. Da lagen sie, ein närrischer Bursch 15 und ein beklemmtes Weib ihre Gesellschaft. Der Bursche redete manchmal toll, daß es einem wehe im [162] Herzen that; das alte Weib weinte, und der Schmerz des alten Herzogs schien mit ihnen zu wetteifern. Manchmal fuhr er auf in Wuth, es dauerte aber nicht lange, denn er ist so 20 matt, daß wir ihn auf den Gaul heben mußten, zwey neben ihm herreiten, daß er nicht stürzte. Es ist ein Anblick, Fürst, daß es einem durchs Herz geht. Den ganzen Weg weinte er, sah gen Himmel, fragte uns, ob wir ihn denn zu Konrad führen wollten?   25

Konrad. Sagtet ihr: ihr wolltet?

Hauptmann. Das that ich nicht, verbots auch allen. Drauf bat er uns, wir möchten ihn doch wieder zu Gorg bringen, er würde bald sterben; wenn wir nicht wollten, ihn todtschlagen; es euch sagen, ihr würdet uns alle zu 30 Grafen machen. Wahrhaftig Fürst, es macht einen weich, auch den Wildesten.

Konrad. Es soll ihm nichts Arges widerfahren, es ist alles Einbildung von ihm.

Hauptmann. Um keine Krone möcht ich ihm ein böses Gesicht zeigen.

5 **Normann.** Ich auch nicht.

Adelbert. Es soll ihm wohl seyn bey uns.

Konrad. Wo ließt ihr ihn?

[163] **Hauptmann.** Eine Stunde von hier auf einer Mühle. Ich ließ ihn nach eurem Befehl da. Wenns dunkel wird, 10 werden sie ihn bringen.

Konrad. Gieng er gutwillig mit?

Hauptmann. Nein. Durch gute Worte und Gewalt zwangen wir ihn. Er riß einem das Schwerd aus der Hand, aber seine Kräfte sind stumpf. Wir konnten's ihm 15 leicht aus den Händen winden.

Konrad. Hat er nicht am Wege gemerkt, wohin ihr ihn brächtet?

Hauptmann. Oh sein Herz scheint so gepreßt von Leiden, und sein ganzes Denken so sehr damit beschäftigt, daß er 20 nicht einmal um sich sah. Wie er auf die Mühle kam, war er so matt, daß er gleich niedersank und einschlafen wollte. Wir wollten ihn aufs Müllers Bett bringen, er wollte nicht, und sagte, er habe auf der Erde gelegen, seitdem er ausgestossen; wollte auch drauf sterben. Auf die harte Bank 25 legte er sich, sein weißes majestätisches Haupt in Veits Hände. — Oh Fürst!

Konrad. Halsstarrig, immer auf seinem Kopf! — Reitet ihm entgegen! es geht auf die Nacht. (ab)

[164] **Normann.** Wenn die mich verstanden haben, könntest 30 du den Weg sparen.

Zweyter Auftritt.

Platz vor einer Mühle.

Mörder.

1. Mörder. Ich kanns nit.

2. Mörder. Ich auch nit; mich hat nie was so gejammert. 5

1. Mörder. Um so ein bißgen Geld — mir wird angst, wenn ich dran denk.

2. Mörder. Gott bewahre mich, ich hätt keine Ruhe mehr.

Gebhard. (der ihnen zugehört.) Er mag sein Geld be= halten! Ich kanns auch nicht. Er sieht so ehrwürdig heilig 10 aus, daß mirs ohnmöglich fällt.

1. Mörder. Hat er euch auch gedungen? Bist du von der Profession?

Gebhard. Freylich. Er schickte mich nach, und sagte, er wollte mir eben so viel geben, als euch. Sind unsrer noch 15 mehrere?

[165] **2. Mörder.** Noch zwey. Sie sind noch zweifelhaft; doch sind sie härter, wie wir. Ich kanns nit, und gäb er mir die Welt. Hab schon manchem die Gurgel abgeschnitten, aber da mag ich mich nit dran machen. 20

1. Mörder. Wer wird das auf seine Seele nehmen? Mir wärs, als hätt ich meinen Vater umgebracht.

2. Mörder. Will lieber zehn andre todtschlagen. Was hilft das auch all, was uns der Pfaff gesagt?

Gebhard. Einen so gütigen Herrn! 25

1. Mörder. Das ist er! Wir würden ewig verdammt seyn. Das Blut käm doch allein über uns, und er wüsche die Hände.

2. Mörder. Was Graf Normann nur davon hat, daß er dem alten Mann das bißgen kurze Leben nicht gönnt? 30

1. Mörder. Sie haben was zusammen; mags auch seyn, was es will!

2. Mörder. Wir wollen hinauf. Die Nacht kommt.

Mich deuchts, giebt Sturm heunt Nacht; sieh, wie sich's Gewölk zieht, dort pechschwarz!

[166] Gebhard. Hast Recht. Wie heißen die andern?

1. Mörder. Hat ers euch nicht gesagt? Der rothe Christoph, und der braune Hans, dem die Haar so in die Höh stehn, sind zwey wilde Kerls, die einen für einen Groschen todt= schlagen.

Gebhard. Werdet ihrs thun?

1. Mörder. Ich nit, seh ich ihn an, fällt mirs Messer aus der Hand, als wär ich vom Blitz getroffen.

2. Mörder. Geht mir auch so.

Gebhard. Rudolph! Rudolph! — nun kann ich frey athmen. Das habt ihr mit ihm vor! Rudolph! Bluthund, schändlicher Bluthund. Ein Mörder, der von Kinds Beinen nichts gethan, als gemordet, der schaudert zurück! — Rudolph! wo der Junge ist? wenn ich sie angrif? ein Haufen, der einem Roland zu schaffen machte — es ist zuviel aufs Spiel gesetzt — und sollte mein Pferd von Otto niederfallen, er soll mir hin. Rudolph!

Rudolph. Was willt du denn wieder? ich bin müde.

[167] Gebhard. Nimm meinen Gaul! reit ihn todt; nur mach, daß du zu Karl kommst, sonst ists um's Herzogs Leben gethan.

Rudolph. Deinen Gaul? Nun, das muß Eil haben!

Gebhard. Lieber Rudolph, du errettest des Herzogs Leben und Karls. Eil, sag ihm, er solle aufbrechen noch in der Nacht auf Rothenburg. Normann hätte Mörder auf des Herzogs Leben bestellt, ich wachte mittlerweile. Sag ihm, wo wir jetzt sind. Und daß wir bey kommender Nacht weg müssen.

Rudolph. Und sollt's mein Leben kosten. Am Wald, zwey Stunden von hier liegt er wohl jetzt?

Gebhard. Er hat sich weiter gezogen. Eil! Eil!

Dritter Auftritt.

Stube in der Mühle.

Herzog (auf einer Bank schläft.) Veit (unterstützt sein Haupt.)
Reutersknechte. Gebhard (tritt herein; schleicht sich zu Hans
und Christoph, die mit einander geheim reden, etwas entfernt 5
von den andern.)

[168] **Hans.** Auf'm Weg, denk ich!

Christoph. Meyn's auch. Müssens gut abpassen. Für
das, was er giebt, kann mans schon.

Hans. Auf'm Weg denn!   10

Gebhard. So hat er mirs auch befohlen.

Christoph. Dir?

Hans. Bist auch mit? Kenn dich nit.

Gebhard. Werdt's bald. Der Graf hat mich nachgeschickt.

Hans. Halt dich an uns!   15

Gebhard. Still. Er erwacht.

Herzog. (ängstlich schlummernd, fährt auf.) Konrad! Konrad!
— — — eil, eil dich — — — — — gieb mir nur einen
kleinen, kleinen Stoß, so bin ich todt. — — — — Nur einen
kleinen, ein alter Mann ist ja gleich todt. — Oh.   20

Veit. Gnädiger Herr!

Herzog. Ist er wieder fort?

Veit. Er war nicht da.

Herzog. Da stund er grimmig, ist er weg?

[169] **Veit.** Ja, gnädiger Herr!   25

Herzog. Ist er gewiß weg? lüg nicht, Veit! wär's doch
besser gewesen, er hätts gleich gethan, als daß er wiederkommt.
War Adelbert auch da, Veit?

Veit. Nein, gnädiger Herr!

Herzog. Nimm meinen Mantel da, und wenn er kommt, 30
deck mich zu, recht zu. Deck mir den Kopf zu, daß ich nichts
seh. Hörst du, Veit? aufs Gesicht, und sag ihm, er solls
thun, nur daß ich nichts seh.

Veit. O lieber Herr!

Herzog. Vergiß nicht, mit dem Mantel!

Veit. Habt ihr gut geruht?

Herzog. Armer Narr, er war ja da, und du redst von
5 Ruh. Ich will beten, und hier nicht wieder aufstehen. Ruf
mir den armen Gorg; er konnte so schön beten, war so ge=
schlagen wie ich. Wo ist er?

Veit. Er kommt.

Herzog. Ists Nacht, Veit?

10 **Veit.** Bald, Herr, schon neigt sich die Sonne.

[170] **Herzog.** Wie meine Kräfte. Doch kommt sie wieder,
leuchtet mit neuer Kraft, ich auch. Ich zerfalle jetzt, verlier
das Thätige und Kräftige ganz, komm doch wieder neu hervor.
Gütiger Gott! mein letztes Nachtgebet. (betet still, sieht sich
15 drauf um) Wer sind die?

Veit. Eure Begleiter.

Herzog. Geht, lieben Leute, was wollt ihr bey mir?
Ich kann euch nichts geben, hab alles verlohren bis auf ein
bisgen Leben, das sich schon neigt. Geht! was könnt ihr
20 gegen den Haufen.

Veit. Wenn er's wüßte!

Christoph. Wir müssen fort, gnädiger Herr, es geht auf
die Nacht.

Herzog. Wohin? Wohin?

25 **Christoph.** Macht Herr, wir haben so lang gewartet,
bis ihr ausgeruht; jetzt ists Zeit! Auf die Nacht sollt ihr
besser ruhen.

Gebhard (vor sich.) Oder ihr.

Herzog. Ich geh hier nicht weg.

30 **Christoph.** Ihr müßt!

Herzog. Geh mir aus den Augen. Veit stoß ihn hinaus!
er ist einer davon. Geht er nicht? Helft mir auf! —
ich will --

[171] **Feit.** Ihr könnt nicht auf.

Herzog. Was!

Hauptmann (kommt.)

Hauptmann. Gnädiger Herr, habt ihr ausgeruht?

Herzog. Laß mich!

Hauptmann. Wir müssen weiter, giebt einen entsetzlichen Sturm. Der Himmel zieht sich fürchterlich zusammen.

Herzog. Wie viel sind euer?

Hauptmann. Vier und zwanzig.

Herzog. Wäret ihr alle vor wenigen Tagen kommen, ihr ₁₀ hättet mich nicht von der Stelle bracht. Nun kommt! kommt! Wartet er mit Gift auf mich? Sag ihm nur, er brauchs nicht.

Vierter Auftritt.

Lager.

Karl. Ludwig. v. Hungen.   15

Karl. Mein kleiner treuer Haufen!

Ludwig. Was macht das, Karl? gerechte Sache und Muth!

v. Hungen. Und desto mehr Ehr, Prinz! Ich bin ein Lehrling; ein unversuchter Anfän= [172] ger. Je stärker die ₂₀ erste Probe, desto mehr Lust. Man lernt auf einmal, was man im Katzengebalg nach und nach lernt. Mir schwebt mein Vater immer vor Augen, und deuchts mich immer, er rief mir zu mit schwacher Stimme. — Vor einiger Zeit ängstete michs, daß ichs nicht aushalten konnte. Seys wie's will, ₂₅ ich wills zur Aufmunterung annehmen.

Karl. Stellt euch nichts Trauriges vor! Man gewinnt immer dabey. Seyd ihr lange von Haus?

Hungen. Nicht gar lange. Aber so lange doch, daß Unglück gnug kommen kann. ₃₀

Karl. Beruhigt euch!

7*

Hungen. Das will ich.

Karl. Mir ist fürn Gebhard angst.

Hungen. Er wirds gut machen, ich sahs ihm an.

Fünfter Auftritt.

Rothenburg.

Normann.

Habt ihr ihn nicht geliefert, weh euch! Der Eine Streich
verfehlt! Nein, er darf, kann nicht leben. Er würde alles
rückgängig machen, und da läge der weitaussehende Plan,
mir wäre wie einem, der den Augenblick den Himmel heiter
mit unbefangenen Blicken sah; Wetterwol= [173] ken erheben
sich plötzlich, reißen ihm das Helle vor den Augen weg, und
er fällt in Finsterniß zurück. — — Es muß sich alles drehen,
und wenden, dem Gedanken entgegen arbeiten? — Den Ge=
danken aus meiner Seele zu reißen! aufgeben! — nimmer.
Groß, groß! größer! Das Ziel übertreten, gar keins haben
und haben wollen. Da Ziel, Bestimmung, wo das größte?
— — Geht Menschen euren Schneckengang; taumelt zurück,
wenn einer Riesenschritte über euch alle hinaus macht! Eine
kleine Grafschaft — hier ein weites, großes Herzogthum —
und warum nicht? Wach Geist! ihr meine Kräfte auf!

Konrad. Habt ihr die Nachricht gehört, Normann?

Normann. Was? ist er da?

Konrad. Der Karl, Morgen früh haben wir ihn.

Normann. Wenn wir ihm Zeit lassen. Je früher, je
besser! Gut, daß er kommt. Es gilt um ein Herzogthum,
und wer da feyert, Prinz!

Adelbert. Hauptmann.

Der Herzog!

Normann. Da?

Konrad. Hats Lermen gegeben?

Hauptmann. So wenig wie Todte machen.

[174] **Normann.** Ist er todt?

Hauptmann. Wenig Unterschied zwischen ihm und einem Todten. Alles Leben ist von ihm. Schwach und ohnmächtig trugen wir ihn hieher, manchmal schlägt er die Augen auf — Oh, seht ihn selbst! 5

Normann. Ist er da?

Hauptmann. Prinz, ich fürcht, er überlebt es nicht, sieht er euch.

Konrad. Wir wollen weg. Bringt ihn zur Ruhe, und bleibt bey ihm! Morgen will ich ihn sehen. 10

Hauptmann. Dem Anschein nach wird er was bessers sehen. O Anblick! wie ers Haupt sinken läßt! Kostbarer Herr, sie haben dich geliefert.

(Veit und Gebhard führen den Herzog vorbey.)

Sechster Auftritt. 15

Nacht.

Otto. So ists?

Gebhard. Bey meiner Seel und Liebe zu euch; kein falsches Wort! Otto, wenn ich euch zeigen könnte, wies jetzt in mir ist, da ich euch seh. Lieber Otto, seht nicht wild, 20 ihr könnt alles gut machen. Laßt mich euer Gesicht nicht umwölkt sehn. Lieber Otto, hört das Bitten [175] eines armen Jungen! Hört, wie euch Karl liebt, und zeither litt, immer sagte, mein rechter Arm ist weg. Wenn ich den Mann wieder hätte. — Er weinte oft. 25

Otto. Lüg nicht; lüg nicht! hah! — — — ich muß ihm Luft machen.

Gebhard. Wenn wir so dachten, alles sey erlogen und erdichtet, um euch von uns abzubringen. Wie leicht es sey, einen rechtschaffnen Mann, der hitzig auf seine Ehre hält, 30 den eine kleine Beleidigung aufbringt, wie leicht es sey, einen solchen Mann zu hintergehn. Und denn euch als einen Mit= verschwornen gegen des Herzogs Leben, ein Mitverschworner,

Karln stürzen zu helfen — — — Otto! grosser Mann, nehmt die volle Liebe Karls wieder! er trägt sie euch durch mich an, kommt und seht, wie sie euch hintergangen haben in allem.

5 **Otto.** Brich los, Zorn! Wuth! aller verderbender grimmiger Zorn, der je im Menschen war, ihn zu Mord und Greuel antrieb, hause, wüthe in mir! Verblend meine Augen! Mein Hirn will ich ausschlagen, kommt mir ein andrer Gedanke als Blut, blutige Rache und Mord. Und, hab ich 10 volle gnügende Rache, so drück mirs Herz ab! geschändet will ich nicht leben. So geschändet! [176] (schlägt sich vorn Kopf und stampft) wo warst du Elender? du Weib, das du dich so schändlich betrügen ließt? ein Weib, ein schwaches Weib hätte stärker gehalten, mehr untersucht, als du. So! 15 so! wie ein Vogel in die Falle gelockt. — — — Halt fest! so will ichs machen.

Gebhard. Laßt euch erbitten; nur bis Morgen Aufschub!

Otto. Geh du kaltblütiges, gallloses Geschöpf, ich hasse dich und alle Welt. Warten? den Zorn wegvernünfteln? 20 auf was warten? daß sie das leichtgläubige Weib noch einmal betrügen? Ein Augenblick Verzug, und die Wuth, der Durst nach übervoller Rache brächte mich ums Leben. Nein! Nein! — — geh zu Karl, sag ihm, ich wollte ihn rächen, und mich. Denn sollte er mich nie mehr sehen, kein Mensch. 25 — Mich sollten sie sehn, mit Fingern auf mich zeigen, sagen, das ist er! das ist er!

Gebhard. Wenn Karl jemals euer Freund war —

Otto. Schweig! Hochzeit haben sie gemacht.

Gebhard. Hochzeit! wer, Otto?

30 **Otto.** Ich wills wegwischen! mögen sie! Geh zu Karl! Hab! halt, du könntest auch ein Verräther seyn, ich will keinem Men= [177] schen mehr trauen. Warte! (Donner und Blitz) kommt dirs auch? (Donner und Blitz) immer — noch. Hätt ich dich in meiner Gewalt. So — zertrümmere die 35 Welt! du reizest meinen Grimm. Bleib du!

Gebhard. Ich bin in eurer Gewalt.

Otto. Du sollst sehen. Blutdurst leite mich! Raserey! Raserey! tobt, tobt, Elemente! vereinigt euch mit mir! Hah wie das
haußt. Martern! martern! martern will ich ihn und sie. (ab)

Gebhard. — Hätt ichs ihm sagen sollen? er hätt's nicht 5
verschwiegen. Eile Karl, und führe dich Gott! Jetzt ist
die Stunde da. Rudolph muß angelangt seyn. Karl, diese
Nacht giebt dir deinen Vater und deine Ruh.

Siebender Auftritt.

Herzog. Kanzler. Veit.   10

Herzog. Wie dunkel vor meinen Augen! oh! oh! es
zerschneidet mir das innre

Kanzler. Was fehlt euch?

Herzog. Unaussprechliche Marter! reißt mir die Decke
von den Augen, die dicke schwarze Decke! Huh! wie mirs 15
durch die Adern laust; durch die Gebeine! oh helft, helft!

Veit. Hülfe! Hülfe!

Kanzler. Lieber Herr!

[178] **Herzog.** Tod! Tod! brennend verzehrend Feuer in mir!

Achter Auftritt.   20

Normann in Kleidern auf einem Ruhebette. Donner und
Blitz. Nacht. Otto stürzt herein.

Otto. Wo bist du? Normann! Normann! Komm,
bet nicht, Normann, es hilft deiner verfluchten Seele doch
nichts! Verdammt sollst du seyn!   25

Normann. Was fehlt euch, Otto?

Otto. Die Briefe erst!

Normann. Briefe?

Otto. Wiederhohl nichts! Die Briefe! (setzt ihm das
Schwerdt auf die Brust) Die Briefe von Karl! heraus! heraus! 30

Normann. Raßt ihr?

Otto. Ja, ja, blutige Raserey. Gieb die Briefe Hast du Briefe?

Normann. Nein.

Otto. Keine? Es hilft dir nichts! du könntest den Teufel betrügen. Wie der Kerl dasteht! Hier kommst du nicht weg. Die Briefe! oder stundenlangen Tod sollst du sterben. Die Briefe! Hast du Briefe?

Normann. Wartet! bis morgen, will ich's euch erklären.

[179] **Otto.** Spottst du meiner? Nein, Teufel, du sollst mir nicht loß! Mein Schwerdt nicht eher von deinem Herzen. — — Du hattest kein Mitleiden mit mir, da ich herum zog wie ein Schatten.

Normann. Hülfe! Hülfe!

Otto. Hast du Briefe?

Normann. Ja, Otto!

Otto. Und gabst sie nicht?

Normann. Hülfe! Hülfe! Mörder!

Otto. Hast du Mörder auf des Herzogs Leben bestellt? Was lang Fragens! Aus mit dir! Denk nicht an Gott Huh! zum Teufel mit dir! Tiefer, eine kleine Spanne. — Ha! wie er quakst. Bist du still!

Normann. Hülfe!

Veit. Der Herzog stirbt. Hülfe, Otto!

Otto. Was ist ihm?

Normann. Gift in der Abendsuppe, von mir. Oh!

Veit. Gott! (rennt weg)

Otto. Thatst du das? Bey meiner Seel ein schöner Schwanengesang. Gift! (versetzt ihm mehrere Stöße) Gift! und nur Ein Leben. Oh daß du tausend hättest und ich Jahrlang an dir morden könnte. Gift gabst du ihm, und schon todt? Ich Bestie! — Der greulichste Bösewicht, und schon todt! Vier Mörder hatt er auf sein Leben bestellt, ein edler Bursche stürzte sie vom Pferd, und todt!

[180] **Konrad.** Was vor Lärmen, Otto?

Otto. Bleibt zurück, junger Herr, nicht so feurig, oder ihr könnt mitreisen! Kennt ihr den?

Konrad. Was habt ihr gemacht?

Otto. Den hab ich gekitzelt da, und er ist gestorben davon, 5 ich möchte rasend werden! Der Kerl kann gar nichts vertragen. Nur ein Stoß, und todt. Er vergiftete deinen Vater, und todt!

Konrad. Wer sagte das?

Otto. Gift! er sagts, hörst du den Lärmen, das Geheul? 10
(Lärmen und Trometen)

Inwendig. Fackeln! Fackeln!
(laufen Reuter)

Karl. (kommt) Wehr! Wehr! die Mauren erstiegen.
(das Wetter dauert fort)   15

Konrad. Karl! mein Vater, Gift! (ab)

Otto. Eine schöne Nacht! es hört noch nicht auf! der Himmel ist grimmig. — — In Rhein mit dir, Giftmischer! Mordhund! kriegst wahrhaftig den Schnupfen nicht, sollst auch nicht frieren. Zum Fenster naus mit dir Aas! ha, 20 ha, ha. (wirft ihn hinaus) Platsch.

Karl. Ludwig. Und Viele.

Karl. Nun sind wir da, Otto! Gott sey Dank. Führ mich zu meinem Vater! Wo ist mein Vater?

Otto. (Keine Antwort. Sein blutiges Schwerdt betrachtend.) 25

[181] **Karl.** Lieber Otto!

Veit. Prinz! Prinz! der Herzog stirbt, will denn kein Mensch helfen?

(alle ab)

Neunter Auftritt.   30
Hof.

Konrad. Adelbert. v. Hungen. Gebhard.

Konrad. Zu Pferd! Zu Pferd!

Adelbert. Durchgehauen! durchgehauen! schlagt euch durch!

v. Hungen. Gebhard. Wo sind sie? Adelbert! Mord=
bund! Fackeln!

Zehender Auftritt.

Otto.

Laß mich kühl werden, und Geduld fassen! Geduld! —
— Ein geschändeter Mann also; ein geschändeter Mann!
Was ist das? O frag nicht, fühls ganz in dir! Oh meine
Seele, du hast das brennende nagende Bewustseyn, das mich
foltert und wahnsinnig macht. Luft will ich dir machen;
keine Welt kanns auslöschen. Ein geschändeter Mann —
alles verlohren! — Speyt mich an, Menschen! Narren, ich
hab's längst gethan, und doch will ich's keinem rathen. Ge=
duld! — Nun denn, ich will mich selbst richten, und unpar=
theyisch. Wie könnte ich partheyisch seyn? Hier, hier liegt
[182] die Verdammung. Durch deine Treulosigkeit geschah
alles. Wie dann? Hah! sagst du mir das? Kann mans
so auslöschen, und auslöschen, daß keine Spur, kein Andenken
mehr davon bleibt? Hier Ende, dort auch? Keine Antwort?
(fühlt sich an Puls) Hier schlägt's — ja — hören diese Schläge
auf, ists Stillstand, ewig Stillstand, dort wie hier? Keine
Antwort? Weg mit dem verfluchten Philosophiren! ich philo=
sophirte mir den Verstand weg. Also das sagst du mir?
Dank dir für den schönen flügelgebenden Gedanken! Die
Welt verdammt dich, aber umfassen will ich dich, wie der
Bräutigam seine junge Braut in erster Jugendhitze. Klammre
dich fest an mein Herz — kühl will ich bleiben, die That
kühl thun. Aber darf man? soll man? Oh so fragt der
kaltblütige Vernünftler! Komm du schaales Geschöpf, nimm
meinen gekränkten Geist, mein leidendes blutendes Herz, meinen
Wahnsinn — und denn — der Schande entgehn — — er
sah mich freundlich an, und ich versetzte ihm den tödtlichsten
Streich. Armer Karl! wie sie weinen und schreyen! An
allem bin ich schuld, ich half ihm Gift geben, ich Elender!
Elender! ich kanns nicht aushalten! (zieht das Schwerdt) das

Blut muß ich abwiſchen. (wiſchts an Mantel) So! (ein ſtarker
Donner) Ein fürchterlicher [183] Schlag, eine fürchterliche Nacht!
Hah wie ſie ſchreyen und winſeln! Geduld! ich geh aus.
(erſticht ſich) Gott erbarme ſich meiner!

Eilfter Auftritt.

Herzog. Karl. Ludwig. Veit. Kanzler.

Karl. Mein Vater! Mein Vater! Oh dies iſt der Tag,
den ich von Gott erbat mit heiſſen Thränen. Endet er ſo?
Redet mit mir! Sagt, ihr ſeyd mein Vater noch.

Herzog. Du biſt mein lieber Karl, hätt ich dich nicht
verkannt. Vergiß es — kalt, eiskalt, mich ſchaudert —
Todesſchauder! Laß mich in deinen Armen ſterben; und Gott
ſegne dich, edler Sohn! Sie haben eine Scheidewand zwiſchen
uns geſtellt. — — Gütiger Gott! — — Der giftige Tod
läuft mir durch die Gebeine.

Karl. Oh mein Vater! ich laß euch nicht! (fällt ihm um
den Hals)

Herzog. Du küſſeſt den Tod von meinen Lippen. Den
giftigen Tod. — Geh Karl! lieber Karl, küß den Tod nicht
von meinen Lippen!

Karl. Laßt mich mit euch ſterben!

Herzog. Räch deinen Vater an Adelbert! Schone des
böſen Bruders; er ward verführt. Nimm ihm alle Macht,
Böſes zu thun!

[184] **Jungen.** (kommt) Er iſt durch, der Adelbert, der Mord=
hund, mit dem Prinzen.

Karl. Meine Rache folgt ihnen. Mein Vater!

Herzog. Nimm mich in deine Arme, und laß mich drinnen
ſterben! — Oh ein harter Stoß. — — Karl, nimm mir die
Decke von meinen Augen, die ſchwarze Decke nimm weg —
— ſo, noch einmal ſeh ich hell, ganz hell, und meine Seele
— — - mein Leben wäre noch wenige Stunden geweſen,
die haben ſie mir mißgönnt. Was hab ich gelitten! Dank

sey Gott, daß es aus, ist! Und du, Karl! Gott segne dich, dafür, lieber Karl, er segne Gisella, dein Weib, euch alle! — Oh!

Karl. Er ist todt.

5 **Herzog.** Wie viel Uhr ists?

Karl. Mitternacht, mein Vater.

Herzog. Neu kräftig steig denn empor, unsterblicher Geist! — So, drück mich fest an dein Herz, lieber Karl! Weine nicht. — Oh mein Herz! Gott segne euch! Drück mich fest, 10 Karl! Oh — (stirbt)